그림자 마녀

휴

조현희 옮김

한국어의 운율과 느낌을 이야기에 담아내고 싶어 번역의 세계로 뛰어들었다. 서로 다른 언어를 하나의 의미로 연결하는 데 큰 보람을 느낀다. 『푸른 꽃의 나라』, 『그림자 마녀』를 우리말로 옮겼다.

The Shadow Witch

by Gertrude Crownfield

Korean Translation Text Copyright ⓒ 2025 by Huiyubooks
Illustrations Copyright ⓒ 2025 by On
All right reserved.

이 책의 한국어판 저작권은 희유 출판사에 있습니다.

저작권법에 의해 한국 내에서 보호를 받는 저작물이므로 무단 전재와 무단 복제를 금합니다.

그림자 마녀

거트루드 크라운필드 원작

온 그림 · 조현희 옮김

목차

6	등장인물	73	제4장
8	프롤로그	94	제5장
13	제1장	105	제6장
38	제2장	128	제7장
56	제3장	138	제8장

146	제9장	239	제14장
172	제10장	249	제15장
192	제11장	268	제16장
209	제12장	278	옮긴이의 말
228	제13장		

그림자 나라

그림자 마녀

일렁이는 그림자　　검디검은 그림자　　그림자 무리

마법사　　　　　　대장 악마　　　　　악마 무리

잔뜩 꼬인 연기　　잿빛 고블린　　　굴뚝 바람

불의 나라

붉은 불꽃 왕

하얀 불꽃 공주

빛의 왕자

현자

잉걸불 요정

국경 지대

국경 지대 요정

망토 제작 요정

불잉걸 왕자

프롤로그

자, 함께 넓은 화롯가 옆에 앉아 뭉근히 타오르는 불의 심부(深部)를 들여다볼 준비는 되었나요? 정신 사납게 주변을 맴도는 불똥은 잠시 무시하기로 해요. 놀랍도록 신비한 일은 언제나 가장 깊은 곳에서 진행되기 마련이니까요.

깊이 숨겨진 비밀을 첫눈에 눈치채는 것은

어렵지요. 하지만 가까이 다가가 주의 깊게 살펴보면 가장 먼저 수많은 형태의 찬란함과 아름다움을 발견할 수 있을 거예요. 만약 잉걸불이 꺼질 기미 없이 선명하고 따뜻하다면, 여러분은 빛나는 석탄 사이에서 주홍빛과 금빛을 띤 무언가를 볼 수 있겠지요. 불씨가 만든 그림자 사이를 날아다니는 섬세하고 우아한 몸짓과 계속해서 바뀌는 색조를 말입니다.

 그때가 바로 동화 속 나라의 입구가 활짝 열리는 순간입니다. 황금색 입구는, 선량하고 평화를 사랑하는 잉걸불 요정의 나라로 가는 진입로거든요. 다른 말로 '불의 나라'라고도 부릅니다. 문을 넘어 빛나는 길을 따라 걸으면 곧 눈부신 정원에 도

착하게 됩니다. 후끈한 열기를 내뿜는 태양이 온 나라를 따뜻하게 만드는 중이네요.

저쪽에 우뚝 선 궁전이 하나 보입니다. 불타는 깃발로 장식된 궁전은 선량한 불잉걸 왕자와 요정들이 사는 집입니다. 일명 '즐거운 환호 궁전'이라고 하지요. 저기 장미와 자수정으로 장식된 옷을 길게 늘어트린 그림자 공주도 보입니다. 기쁨과 황홀경에 취해 춤을 추고 있는 것 같네요. 옆에는 충직한 그림자 하인 무리가 있습니다.

먼 옛날, 그림자의 나라와 불의 나라는 멀리 떨어져 있었습니다. 양국 사이에는 소위 '굴뚝 뒤'라고 부르는 장소가 있었는데, 그곳은 빛 한 점 들지 않는 음침하기 짝이 없는 땅이었습니다. 그림자 마녀는 그 땅에서 유일하게 사랑스럽고 아름다운 생명체였습니다. 마녀의 영토 근처 거대한 잿빛 평원에는 거인, 잔뜩 꼬인 연기가 살고, 조금 더 위로 올라가면 교활한 잿빛 고블린의 오두막이 나옵니다. 잠시도 가만히 있지 못하는 굴뚝 바람도 근처에 있지요. 그는 굴뚝 입구에서 평원 전체를 휩쓸고 다니곤 했습니다. 굴뚝 근처 어둠의 동굴에는 마녀의 오라

그림자 나라

그림자 궁전

어둠의 동굴

국경 지대 요정의 오두막

고블린의 오두막

버니가 살고 있습니다. 마법사는 동굴 안에만 머물며 사악한 마법을 연습하곤 했지요.

　진짜 이야기는 이제부터 시작입니다. 마녀가 어떻게 그 암울한 땅과 사악한 요정에게서 벗어났는지, 왜 찬란한 불의 땅에서 선량한 요정에게 둘러싸여 행복하게 춤을 추는지 말입니다. 아, 고귀한 불잉걸 왕자의 모험 이야기도 빼놓을 수 없겠네요. 그 강렬한 여정이 얼마나 빠르게 진행되었는지 말이지요. 행복과 행운으로 점철된 결말까지, 모두 빠짐없이 밝힐 것을 약속합니다.

제1장

어느 날 이른 새벽, 마녀가 홀로 궁전 계단을 내려왔습니다. 그녀는 누구도 대동하지 않은 채 그림자 정원을 배회했지요.

말없이 걷던 마녀는 바로 얼마 전에 있었던 일을 떠올렸습니다. 불의 땅에서도 가장 중요한 도시에 살 것만 같은 왕자를 만난 사건을 말입니다. 그는 두 나라의 경계를 넘었을 뿐만 아니라 사악한 요정의 땅을 가로지르기까지 했습니다. 이 이방인이 그렇게 무모하게 행동한 이유는 사랑하는 연인, 하얀 불꽃 공주를 구출하기 위해서였습니다. 처음 그의 존재를 눈치챘을 때만 하더라도, 마녀는 반쯤 장난으로—그리고 반쯤은 외로워서— 그를 자신의 땅으로 유인하고자 했습니다. 마법을 사용한다면 어렵지 않게 왕자를 꾈 수 있었지요. 그러나 공주를 사랑하는 그의 진실한 마음을 알게 된 마녀는 마음을 바꾸었습니다. 그가 정말로 용기 있고 선량한 요정이었기 때문이지요. 마녀는 곧장 왕자의 모험을 도왔습니다. 그가 어둠의 동굴에 기거하는 마법사이자 자기 오라버니의 마수에 걸렸을 때는 목숨을 구해 주기까지 했더랍니다.

  마녀가 사는 이상한 나라에 왕자 같은 눈부신 요정이 방문한 것은 처음 있는 일이었습니다. 그래서 그가 떠나자 마녀는 그림자의 땅을 이전과 같은 눈으로 볼 수 없었습니다. 빛 한 점 들지 않는 궁전과 안개 낀 숲, 그리고 음침한 그림자 정원… 심지어 언제나 자신을 기쁘게 하던 마법에도 감흥을 느낄 수 없었지요.

영지 밖 어딘가에는 분명 왕자의 고향이자 행복한 불의 요정이 사는 땅이 있을 터입니다. 빛의 주문, 고상한 마법, 그리고 요정들의 즐거운 삶… 마녀에게 그곳은 미지의 세계입니다.

한평생 거무칙칙한 땅만 전전한 마녀의 옆에는 그림자 하인뿐입니다. 때때로 기이하고 사악한 주문을 쓸 때도 마녀는 언제나 그들과 함께였지요. 격려나 사랑의 말을 모르는 마법사 오라버니는 오로지 사악한 일만 가르치려 들었습니다. 그래서인지 오라버니라는 존재는 마녀에게 큰 의미가 없었지요.

이른 아침, 정원을 산책하는 마녀의 검은 눈이 근심스럽게 가라앉았습니다. 그녀는 회색 옷이 땅에 끌리는 것도 모르는 채 공상에 빠져 있었습니다. 따분한 인생에 난입해 고작한 시간 남짓 머문 빛의 왕자를 따라가는 상상이었지요. 동시에 마녀는 앞으로도 계속 사무치는 외로움을 품고 살아야 하는지 궁금해했습니다. 왕자의 나라에서 행복해하는 자신을 상상하는 쓸데없는 짓을 언제쯤 그만둘 수 있는지도요. 마녀는 오랫동안 방해 없이 정원 샛길을 배회했습니다. 그러다 마침내, 머릿속을 맴돌던 생각이 입 밖으로 튀어나오려던 때였습니다.

"마법사께서 전령을 보내셨습니다. 전할 말이 있다고 합니다." 누군가가 말을 걸었습니다.

마녀가 고개를 들자, 누구보다 충실한 하인인 일렁이는 그림자가 보였습니다.

"전할 말이라는 게 뭔데?" 마녀는 물었습니다.

"오로지 주인님께만 말하겠다고 합니다."

마녀는 단박에 눈살을 찌푸렸습니다. 일렁이는 그림자는 주인이 대화할

기분이 아니라는 것을 눈치챘습니다.

"전령은 궁전 입구에서 기다리고 있습니다. 주인님께서 나오시기 전까지는 계속 그곳에 있겠다더군요." 일렁이는 그림자가 이어서 설명했습니다.

"그래, 그를 이리로 데려와. 어디 들어 보자고." 마녀는 마지못해 말했습니다.

일렁이는 그림자는 서둘러 명을 받들었습니다. 순식간에 사라진 그녀는 곧 왜소한 생명체와 함께 돌아왔습니다. 세상에서 가장 검은 그을음과 같은 피부색을 가진 악마였지요. 그가 입은 옷조차도 자기만큼이나 거무칙칙한 색깔이었습니다. 그는 작은 악마들 사이에서 대장 노릇을 하는 악마이자, 마법사가 가장 신뢰하는 전령이었지요.

마녀는 유난히 그를 싫어했습니다. 대장 악마는 빈번히 무례하게 굴었거든요. 마법사의 명령으로 마녀의 왕국에 방문할 때마다 그랬더랍니다. 가까이 다가오는 악마를 본 마녀는 일부러 거만하게 옷을 펄럭였습니다.

그런데 웬일인지, 오늘따라 악마가 예의 바르게 굴지 않겠어요? 밉살맞은 얼굴에는 깊은 괴로움마저 서려 있었습니다. 그는 허리를 한껏 숙인 채 얌전히 발언 허락을 기다렸습니다.

"네 주인이 뭐라고 하더냐? 어서 고하라." 마녀가 위엄 있게

재촉했습니다.

"아아! 제 주인께선 병이 들어 반죽음 상태로 동굴에 누워 계십니다. 그분은 마녀님이 방문하시어 마법을 걸어 주기만을 기다리고 계십니다. 부디 마법사님께 건강을 원래 상태로 되돌리는 마법을 써 주십시오." 악마가 깊은 슬픔에 잠긴 듯 신음했습니다.

"오라버니처럼 위대한 마법사가 스스로 마법을 걸지 않고 나한테 부탁한다고?" 마녀는 눈 하나 깜짝하지 않고 되물었습니다.

"아닙니다, 여주인님. 그분께선 할 수 있는 시도를 이미 다 해 보셨습니다. 그런데도 전혀 차도가 없었지요. 주인님께서는, 이런 심각한 상황에서 당신께 의지하려는 것입니다. 부디 거절하지 말아 주세요." 악마는 눈을 굴리며 대답했습니다.

마법사의 교활함을 익히 알고 있던 마녀는 그 말을 믿지 못했습니다. 만약 왕자의 탈출을 돕고 오라버니에게 해를 입힌 범인이 자신이라는 사실을 들켰다면, 제 발로 호랑이 굴에 들어가는 셈이 되니까요. 한번 마법사에게 잡히면 벗어나기

어려울 게 뻔했습니다.

그리하여 마녀는 결정했습니다. 오라버니의 요구를 들어주기 전에, 그가 어디까지 알고 있는지 떠보기로요. 다

름 아닌 그의 시종을 통해서 말입니다.

"네 주인이 앓고 있는 병의 정체와 원인에 대해서 아는 대로 말해 봐." 마녀가 악마를 빤히 바라보며 질문했습니다.

"얼마 전에 못 보던 왕자 한 명이 어둠의 동굴에 침입했습니다. 그래서 마법사님께서는 증기 항아리 주문으로 그를 제압하려 하셨지요. 그런데 세상에나, 순식간에 지척에 다가온 그놈이 갑자기 마법 무기인 불꽃 검을 꺼내 들지 뭡니까. 그것이 곧바로 주인님을 보호하던 힘을 죄다 흡수하더군요. 왕자가 포효하길래, 그 무시무시한 기세를 피해서 즉시 안쪽 방으로 달아났습지요. 주인님께서는 얼마간 의식불명으로 자리보전하셨습니다. 다행히 하인들이 정성껏 보살피자 약간이나마 운신하시더니, 마침내 말도 할 수 있게 되셨습니다.

그게 끝이지만요." 악마는 재빨리 대답했습니다.

"그 뒤에 왕자와 마법 검은 어떻게 되었지? 그가 무사히 탈출하는 걸 보고만 있었다는 말이야?" 마녀는 그를 더욱 주의 깊게 살피며 재차 질문했습니다.

"아, 여주인님. 우리가 복수하고자 왕자를 찾아 나섰을 때, 그놈은 이미 흔적도 없이 사라진 뒤였습니다." 악마가 대답했습니다.

"왕자에게도 하인과 동료가 있었을 텐데? 누군가 그를 오라버니의 동굴로 안내했을 거야." 마녀는 우기듯이 말했습니다.

"아닙니다. 왕자는 정말 혼자였어요." 악마는 호언장담했습니다.

쏟아 내던 질문 세례를 멈춘 마녀는 조용히 깊은 생각에 잠겼습니다. 마법사의 요청을 들어줄지 말지 고민 중이었지요.

마녀는 이미 두 눈으로 똑똑히 보았거든요. 요정의 검에 쓰러지는 오라버니와 안전하게 떠나는 왕자를 말입니다. 그런데도 그녀는 여전히 그리고 대단히 의심스러웠습니다. 무엇보다도 그가 자신의 마법을 신뢰한다는 점이 마음에 걸렸습니다. 그 오라버니가 동생의 마법이 본인을 원래 상태로 돌려놓을 거라고 믿는다니요?

어쨌든, 마녀는 끝내 동굴 방문이 심각하게 위험하지 않겠다고 결론을 내렸습니다. 지금의 오라버니라면, 없는 힘을 쥐어짜서 최대한 힘을 발휘하더라도 자신의 상대는 되지

못할 테니 두려워할 필요는 없었지요.

　게다가 악마의 말에 따르면, 왕자를 동굴로 안내하고 그를 지켜 준 동료가 마녀였다는 사실은 밝혀지지 않은 셈입니다. 불안할 이유가 하나도 없었지요.

　그녀는 얌전히 기다리는 악마를 향해 몸을 돌렸습니다. 그러자 악마가 교활한 눈을 들어 마녀를 바라보았습니다.

　"네 주인에게 돌아가. 내가 곧 방문해서 도와줄 거라고 알려." 마녀는 명령했습니다.

　성공적으로 심부름을 완수해 낸 대장 악마는 매우 만족하며 떠났습니다.

　마녀는 그가 사라지기 무섭게 일렁이는 그림자를 불러 옆에 앉혔습니다.

"나 홀로 오라버니를 만날 예정이야. 병에 걸려서 도움이 필요하다고 전령을 보냈더라고. 만약 내가 오랫동안 돌아오지 않는다면, 틀림없이 끔찍한 일이 생긴 거야. 너는 곧바로 어둠의 동굴로 가렴. 내가 그곳에 갇힌다면 네 도움이 필요할 테니까." 그녀는 손가락까지 들어 보이며 지시했습니다.

일렁이는 그림자는 당부를 명심하겠다고 약속했습니다. 그 후에야 마녀는 팔 아래로 길게 늘어진 망토를 한데 모으며 마법사의 동굴로 향했습니다.

어둠의 동굴은 무섭기로는 둘째가라면 서러운 암울한 곳이었

습니다. 절벽처럼 높이 솟아오른 외벽은 거대한 잿빛 평원을 집어삼킬 듯했고, 입을 쩍 벌린 입구 안쪽으로는 컴컴한 복도가 있었지요. 어렴풋이 여러 개의 방도 보였습니다.

마녀가 동굴 입구에 도착하자마자, 손에 불똥 랜턴을 든 대장 악마가 나타났습니다. 그는 마녀를 곧장 제 주인에게로 데려갔지요. 그들은 좁은 통로를 빠르게 통과해 광활한 검은 방에 도착했습니다. 그러나 '동굴 홀'이라고 불리는 그 장소 어디에도 마법사는 보이지 않았습니다.

동굴 홀에는 악마만 가득했습니다. 일부는 무리 지어 무어라

속삭이고 있었고, 몇몇은 바닥에 깔린 그을음 쿠션 위에 멍하니 늘어져 있었지요. 벽에 걸린 두꺼운 그을음 커튼 뒤에서 흘깃대는 악마도 눈에 띄었습니다. 어찌 되었든, 정작 그들의 주인은 코빼기도 보이지 않았지만요.

대장 악마는 동떨어진 벽을 향해 걸어가서는 지팡이로 벽을 두드렸습니다. 그러자 즉시 벽이 쩍 갈라지더니 크게 입을 벌렸습니다. 그 안에는 새로운 통로가 있었습니다.

마녀도 처음 보는 동굴의 일면이었습니다.

그녀는 안내역

을 맡은 대장 악마를 따라 대담하게 안으로 들어섰습니다. 구불구불한 길을 따라 보이는 숨겨진 방을 여럿 지나자 다시 막다른 벽이 나왔습니다. 악마는 앞선 벽과 마찬가지로 특정 지점을 두드려 문을 열었습니다. 그러자 이제까지 지나친 어떤 방보다 더 깊고 어두운 방이 나타났습니다. 숯으로 된 벽에 희미하게 빛나는 등불이 켜져 있긴 했지만, 방을 둘러싼 그을음 커튼이 너무 두꺼워 무용지물이었습니다. 어딜 가나 보이는 악마들 역시 각자 불똥 랜턴을 하나씩 들고 있었지요.

중앙으로 시선을 돌린 마녀의 얼굴이 창백하게 질렸습니다. 엄습한 불안 때문일까요? 그럴 만

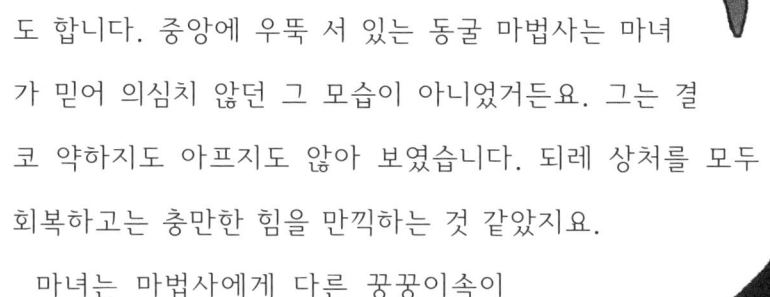

도 합니다. 중앙에 우뚝 서 있는 동굴 마법사는 마녀가 믿어 의심치 않던 그 모습이 아니었거든요. 그는 결코 약하지도 아프지도 않아 보였습니다. 되레 상처를 모두 회복하고는 충만한 힘을 만끽하는 것 같았지요.

　마녀는 마법사에게 다른 꿍꿍이속이

있다는 것을 눈치챘습니다. 하지만 안전을 위해서라도 절대 두려움을 드러낼 수는 없었습니다.

'무슨 일이 있어도 내 마법이 날 지켜 줄 거야. 우리의 마법 실력은 항상 비등했으니, 여기서도 마찬가지겠지.' 마녀는 생각했습니다.

그녀는 허리를 쭉 펴고 몸을 꼿꼿이 세웠습니다. 풍성한 검은 머리가 어깨 위에서 망토처럼 흘러내리고, 두 눈이 황혼 속의 별처럼 빛났습니다.

"날 속였구나, 오라버니. 그럴 줄 알았다고 해야 하나." 아름다운 모습으로 마법사 앞에 선 마녀가 차갑게 말했습니다.

"네가 나를 속인 것처럼 말이냐? 들키고 싶지 않았으면 적당히 영악했어야지. 듣도 보도 못한 왕자가 나 모르게 불꽃 검을 훔친다고? 네 도움 없이는 불가능한 일이란 걸 설마 모르랴. 움직이는 그림자 장막은 또 어떻고? 그것이 눈을 가리는 바람에 끝내 왕자를 놓쳐 버렸다. 검을 언제 뽑아야 하는지 알려 준 사람도 너지? 너만 없었다면 그 고통을 겪을 일도 없었겠지. 어쨌든, 드디어 갚아 줄 때가 온 것 같구나. 동굴 마법사의 분노를 보여 주마." 마법사는 악의에 찬 눈빛으로 쏘아붙였습니다.

"그것참 무서운걸?" 마녀는 경멸하듯 웃고는 외쳤지요.

"내 마법은 결코 오라버니의 마법에 뒤지지 않아. 이 강력한 힘이 나를 보호해 줄 거야. 오라버니가 얼마나 강한 마법사인지는 상관없어. 절대 나를 해칠 수 없을걸."

대담하게 말했지만 사실 마녀는 두려웠습니다. 마법사의 동굴 가장 깊은 곳에서, 그의 하인들에게 둘러싸여 있었으니까요. 그림자들이 곁에 있다면 얼마나 좋을까요. 이런

상황에서 먼저 마법에 실패한다면 결과는 불 보듯 뻔했습니다. 그녀는 굳이 운을 시험하지 않기로 했습니다. 아직 여유가 있을 때 탈출하기로 결심했지요.

그러나 서둘러 벗어나려던 시도는 실패하고 말았습니다. 마법사가 긴 팔을 뻗어 마녀를 붙잡고 끌어당겼기 때문입니다. 필사적으로 몸부림쳐도 마법사의 팔은 굳건했죠.

"빛을 치워라." 마법사가 목이 쉬도록 소리쳤습니다.

    순종적인 악마들이 벽에서 등불을 낚아채 하나둘 모습을 감추자, 깊은 어둠 속에 남겨진 것은 마녀와 마법사뿐이었습니다. 마법사가 입을 다물면 마녀는 할 수 있는 게 없었지요. 상대방의 얼굴을 볼 수도, 목소리를 들을 수도 없었으니까요. 갑자기 마법의 힘까지 사라져 버리고, 마녀는 자신이 완전히 무력해졌다는 것을 깨달았습니다.
    마법사의 거친 목소리가 마녀를 압도하듯 주변을 에워쌌습니다.

"나의 누이여, 날 배반한 값으로는 어림도 없지만, 이로써 대가를 치른 것으로 하마. 또 나를 속이려거든 아주 오래 기다려야 할 것이다. 너를 위해 특별히 준비한 어둠의 감옥이 마음에 들었으면 좋겠구나. 주제도 모르고 또 오만불손한 짓을 저지를까 봐 제작해 봤다. 그림자라면 누구든 힘을 잃고 마법도 쓸 수 없는 감옥이지. 내 허락이 없다면, 너는 평생 이곳에 갇혀 있을 것이다."

마법사가 팔을 놔줬지만, 마녀는 동굴 바닥으로 힘없이 주저앉아 버렸습니다. 어둠 속에서 들리는 소리라고는 감옥을 떠나는 오라버니의 발소리뿐이었지요. 그마저도 곧 사라졌습니다. 그렇게 마녀는 완전히 혼자가 되었더랍니다.

　바닥에 몸을 붙인 마녀는 힘이 돌아오기만을 기다렸습니다. 시간이 흘러도 어둠이 익숙해지지 않자, 이번엔 바닥을 기며 이곳저곳 손을 댔습니다. 그러다가 무거운 그을음 커튼을 건드리게 되었습니다. 그녀는 그 너머의 숯으로 된 벽을 감지했지요. 너무 단단해서 무슨 일이 있어도 움직이지 않을 것만 같은 벽이었습니다. 방은 밀폐된 게 분명했고, 결국 마녀는 탈출 가능성이 전혀 없다는 사실을 받아들였습니다. 마법사가 말했듯, 마녀는 이제 그의 손아귀에 떨어진 것이지요.

　그러나 마녀는 절망에 굴복하지 않았습니다. 그녀에게는 충직한 하인이 많았으니까요. 마녀는 스스로에게 말을 걸듯 속삭였습니다.

　"인내심을 가지고 기다려. 오래 걸리지 않을 거야. 일렁이는 그림자가 내 말을 잊을 리 없는걸. 반드시 도와주러 올 거야."

제2장

일렁이는 그림자는 주인의 말을 한시도 잊지 않았습니다. 그녀는 참을성 있게 주인을 기다렸으나, 마녀는 오랜 시간이 흘러도 돌아올 기미가 없었지요. 그리하여 일렁이는 그림자는 드디어 제 주인을 찾으러 갈 때가 되었다고 확신했습니다. 함께 심부름을 맡곤 하던 다른 동료에게는 일언반구도 없이, 그녀는 재빨리 출발했답니다.

일렁이는 그림자는 가는 길을 이미 알고 있었습니다. 마녀가 정원을 지나 길게 펼쳐진 어둑한 그림자의 나라를 통과하는 것을

주의 깊게 주시했거든요. 친애하는 주인의 신경을 거스르려는 의도는 아니었습니다. 단지 마녀가 귀환하는 경로를 알아 두려던 것뿐이었지요.

  잿빛 평원에 도착한 그녀는 잠시 멈춰 사면팔방을 내다보았습니다. 보이는 것이라고는 낮은 언덕과 잿더미가 흩어진 광활한 공간이 다였습니다. 어디에도 살아 있는 생물은 없었습니다. 주인에게 끔찍한 일이 닥친 게 분명했습니다. 일렁이는 그림자는 평원을 가로질러 질주했습니다.

그리고, 불안하게 뛰는 심장과 함께 어둠의 동굴에 도착하자마자 안으로 뛰어들었습니다. 동굴 홀에 이르는 긴 복도를 지나는 동안, 심부름을 오가며 봤던 악마 몇 마리와 마주치기도 했습니다. 하지만 그들 중 누구도 주인의 소식을 들려주지 않았지요.

"말 좀 해 봐. 우리 주인님, 그러니까 마녀께서는 아직 동굴에 계신 거야?"

지나가던 악마를 붙잡고 물어봤지만 소득은 없었습니다. 대꾸도 없이 그림자를 비웃더니 그대로 떠나 버렸거든요.

두 번째 시도 역시 실패했습니다. 마법사의 또 다른 하인에게 질문했더니, 이번에는 무례한 말을 지껄이고선 자리를 떴거든요.

일렁이는 그림자는 어느 때보다 더 불안했습니다. 문제는 그들의 행동이 아니라, 정적이었습니다. 드넓은 동굴 홀로 가는 내내 아무 소리도 들리지 않았거든요. 혼자서 동굴 홀까지 들어간 것도 처음이라 더욱 두려웠지요.

마법사는 커다란 의자에 앉아 있었습니다. 예의 그 동떨어진 벽 가까이에 놓인 의자였지요. 그의 덥수룩한 눈썹은 술책의 서 위로 구불구불 늘어진 채였습니다. 술책의 서는 고대 잔혹 주문이 모두 기록된, 마법사가 세상에서 제일 좋아하는 책입니다. 책의 모든 페이지에서는 사악한 증기가 흘러나오고 있었는데, 그것은 마법사의 머리 주위를 빙빙 돌며 음울한 얼굴과 더러운 수염을 일부 가려 주었습니다. 그 노란 증기는 검은 옷의 주름을 따라 살금살금 기어가더니, 천천히 마법사의 발등을 덮으며 자리 잡기까지 했습니다.

그림자는 겁에 질린 표정으로 마법사를 바라보았습니다. 그에게 말을 건다는 생각만으로도 한없이 겁이 났습니다. 그러나 사랑하는 주인님이 위험에 처한 지금, 이대로 물러설 순 없었습니다. 일렁이는 그림자는 소리 소문 없이 가까이 다가가 마법사의 앞에 섰습니다.

"마법사님, 제 주인님을 데리러 왔습니다." 그녀가 외쳤습니다.

조용한 동굴 홀에 그림자의 목소리가 메아리쳤습니다. 사악한 연구에 몰두하던 마법사에게 닿을 정도의 소리였지요. 깜짝 놀란 마법사는 고개를 뒤로 젖히고 노발대발했습니다.

"너희 그림자들은 날이 갈수록 뻔뻔해지는군! 감히 내 허락도 없이 동굴에 발을 들여?" 그가 험악하게 인상을 찌푸렸습니다.

일렁이는 그림자는 분노에 찬 시선에도 위축되지 않았습니다.

"주인님을 데리러 왔습니다. 제 주인께서 그렇게 하기를 허락하셨지요. 어디로 가면 그분을 뵐 수 있는지 알려 주세요." 그녀는 반복했습니다.

"여기서 무얼 하든 그건 시간 낭비다. 네게 해 줄 말도 없고, 날 방해하는 걸 두고 볼 생각도 없으니 썩 꺼져라. 순순히 내 말을 따르지 않으면, 각오하는 게 좋을 거다." 마법사는 딱 잘라 말했습니다.

"안 됩니다. 무슨 일이 생긴 건지 알아야겠어요. 우리 주인님께선 마법사님이 보낸 대장 악마를 따라서 떠났습니다. 마녀님은 당신이 돌아오지 않으면 꼭 이곳을 찾아오라고 명령하셨지요. 지금이 바로 그 명령을 따를 때입니다." 일렁이는 그림자는 끈질겼습니다.

마법사의 날카로운 눈이 분노로 번뜩였습니다.

"네 주인이 여기에 있다고 한들 네가 무엇을 할 수 있느냐? 그 아이는 내 동생이고, 나에겐 동생이 나를 화나게 할 때마다 원하는 대로 체벌할 권리가 있다. 그렇게 진실을 원한다니 알려 주마. 네 주인은 동굴의 가장 깊은 곳에 갇혀 있다. 그 지하 감옥은 너무 어두워서 그 아이조차 제 회색 마법을 쓰지 못할 정도지. 그것뿐이랴? 그곳은 아주 아주 멀기까지 해. 네가 아무리 마녀의 권속이라 해도 절대 침입할 수 없을 것이다. 감옥의 벽은 단단히 봉인돼 있으며 강력한 마법까지 걸려

있지. 네 주인이 탈출을 위해 무슨 수를 쓰든 다 헛수고다. 내가 풀어 주기 전까지 자유는 없다. 원하는 대로 진실을 알려 주었으니 이제 썩 꺼지거라." 그는 천둥처럼 소리를 지르며 술책의 서를 닫았습니다.

너무나 무자비하고 잔인한 말이었습니다. 일렁이는 그림자의 입에서 통곡의 외침이 터져 나왔습니다. 아름다운 마녀를 덮친 운명은 짐작한 것보다 훨씬 더 끔찍했습니다. 그녀는 괴로움에 몸부림치며 마법사의 발치에 몸을 던졌습니다. 주인을 풀어 달라고 애원했지만, 그는 들은 체도 하지 않았습니다.

되레 그녀를 쫓아내며 명령했지요.

"분명히 꺼지라고 했을 텐데? 당장 떠나거라. 그러지 않으면, 하인을 시켜 결박해 감옥에 가두겠다. 네 주인처럼 쓸쓸하고 외롭게 갇히고 싶은 것이냐?"

일렁이는 그림자는 더 이상 희망이 없다고 생각했습니다. 그가 마음을 바꿔 자비를 베풀 리가 없었으니까요. 게다가 마법사의 으름장은 가히 위협적이었습니다. 주인이 어둠의 동굴에 갇힌 걸 아는 이는 자신뿐이었습니다. 그러니 이대로 투옥된다면, 대체 누가 주인을 도울 수 있겠어요?

일렁이는 그림자는 고개를 푹 숙인 채 일어서서, 아무 말도 없이 동굴 홀을 떠났습니다. 밖으로 나서며 도움을 청할 이를 꼽아 보던 그녀의 마음은 무겁게 가라앉았습니다. 고민해 봐도 적임자가 없었거든요. 주인이 없는 그림자들은 마법사의 상대가 되지 못했습니다. 게다가 널리 알려진 대로 그림자 나라의 주민들은 마법사만큼이나 사악했죠. 일곱 잿빛 언덕의 거인이자, 음침한 계곡의 용이라고 불리는 잔뜩 꼬인 연기는 언제든 마법사의 편에 가담할 준비가 되어 있었습니다. 잿빛 고블린도 마찬가지였습니다. 굴뚝 바람 역시 둘 중 하나였지요. 누구의 편도 들지 않거나 사악한 편에 서거나요.

고민할수록 절망은 깊어졌습니다. 잃어버린 모든 순간이 더욱 소중하게만 느껴졌지요. 그녀는 괴로움에 손만 비틀었습니다.

그때, 문득 사악하지 않은 누군가가 떠올랐습니다. 그는 분명 마녀가 친구라고 부를 법한 존재이기도 했지요.

그건 바로 요정이었습

니다. 끝도 모르게 펼쳐진 잿빛 평원과 그 너머 지상의 왕국 사이를 '국경 지대'라고 불렀는데, 그곳에 착한 요정이 살았거든요. 그는 아주 나이가 많고 현명했습니다. 불의 나라 수도에 사는 선량한 요정부터 그곳에서 멀리 떨어진 곳에 사는 사악한 요정에 이르기까지 그가 모르는 요정은 없었습니다. 또한 선한 마법이든 악한 마법이든 모든 주문을 알고 있었지요. 덕분에 국경 지대의 잿더미 속에서도 그의 집은 안전했습니다. 굴뚝 바람이 국경 지대를 휩쓸고 내려오며 대담하게 드넓은 화롯가를 가로질러도 그는 두려워하지 않았습니다. 은신하던 거인, 잔뜩 꼬인 연기가 슬그머니 일어나 거대한 몸을 부풀리며 온 하늘을 어둡게 물들여도 눈 하나 깜빡하지 않았지요. 잿빛 고블린이 초라한 집에서 기어 나와 남의 일을 캐묻고 장난칠 궁리를 한들, 요정은 무심하게 제 갈 길을 가곤 했습니다. 그래도 아무 문제가 없다는 걸 잘 알았으니까요.

그라면 옳은 일에 도움의 손길을 내밀 만했습니다. 일렁이는 그림자의 가슴이 희망으로 부풀어 올랐습니다. 주인도 실망하지 않을 거라고 확신한 그녀는 즉시 요정의 집으로 출발했습니다.

일렁이는 그림자는 화살처럼 동굴 밖으로 질주해, 소리 없이 절벽을 휩쓸고 평원을 가로질렀습니다. 잿빛 고블린이 호기심에 그녀를 붙잡아 세워도 대꾸 없이 빠져나갔지요. 굴뚝 근처를 지날 땐 바람이 자신을 덮칠까 두려워 몸을 떨었지만 운 좋게 안전히 지나갈 수 있었습니다.

일렁이는 그림자는 요정을 찾아 국경 지대를 헤맬 필요가 없었습니다. 요정의 오두막에서 멀지 않은 곳에서 그를 만났거든요. 호기심 많은 요정은 잿더미 위에 조용히 앉아 있었습니다. 짙은 솜털 같은 눈썹 아래, 다정한 빛으로 반짝이는 눈이 돋보였습니다. 뾰족한 모자 아래에는 보송보송한 귀가 튀어나와 있었지요. 그는 머리부터 발끝까지 부드러운 잿빛 옷을 두른 채였는데, 긴 소매에 가려진 통통한 손이 보일락 말락 했습니다.

  다가오는 일렁이는 그림자의 얼굴을 본 요정은 한눈에 그녀가 곤경에 처했다는 것을 알아봤습니다. 동시에 도움을 요청하기 위해서 방문했다는 것도 짐작했지요. 그리하여 요정은 손짓으로 그녀를 옆자리에 앉혔습니다. 그러고는 한 번도 말을 끊

지 않고 일렁이는 그림자의 설명을 들어 주었습니다. 마지막 단어까지 세심하게 주의를 기울였더랍니다.

"결국 여기까지 오게 됐죠. 친애하는 주인님을 구하기 위해서 무엇을 해야 하나요? 당신만큼 현명하고 친절한 요정이 없다는 걸 알아요. 제발, 도와주세요."

요정에게 모든 것을 털어놓은 그림자는 간청했습니다. 그리고 간절한 눈빛으로 요정의 얼굴만 쳐다보며 대답을 기다렸습니다.

"할 수 있는 일이 딱 하나 있네요. 당신은 고귀한 왕자의 도움을 받아야 합니다. 선량한 마법의 힘으로 마법사를 이기고 마녀를 풀어 줄 수 있는 유일한 존재지요." 요정은 망설임 없이 답했습니다.

"아아! 그런 왕자를 어디서 찾을 수 있을까요? 요정님도 아시다시피, 이 땅의 모든 존재는 사악하고 또 사악한 마법만 쓰는걸요." 일렁이는 그림자는 한숨을 쉬었습니다.

"그건 사실이지요. 이곳에는 마녀를 도울 수 있는 존재가 없습니다. 그러나 불의 땅을 잊으면 안 되지요. 그 나라에는 착하고 강력한 요정들이 많이 있고, 빛의 왕자도 그중 하나입니다. 당신은 그에게 가서 마녀의 절

망적인 상황을 말해 주세요. 분명 그는 물심양면으로 도울 겁니다."

"왕자가 그럴 것 같지 않아요. 얼마 전에 주인님이 그를 잘못된 길로 인도해 큰 고통과 실망을 안겨 줬거든요." 요정의 말에 천천히 고개를 저은 일렁이는 그림자가 주장했습니다.

"그랬지요." 요정도 호응했습니다.

"그러나 마녀는 즉시 그 일을 바로잡았습니다. 그의 숭고한 여정을 돕는 것으로요. 왕자는 그것을 매우 감사히 여기더군요. 그러니 그가 기꺼이 큰 빚을 갚을 거라고 확신합니다."

요정이 너무 자신 있게 말했기 때문에, 일렁이는 그림자는 다시 한번 용기를 얻었습니다. 그녀는 재빨리 일어나 선언했습니다.

"어디로 가면 왕자를 찾을 수 있는지 알려 주세요. 만나는 대로 부탁해 보겠습니다."

"붉은 불꽃 왕의 영토에 불타는 석탄 궁전이 있습니다. 그곳에서 그를 찾으면 됩니다. 신부이자 사랑스러운 하얀 불꽃 공주도 그 옆에 있지요. 사악한 지상 요정의 마법에서 구해 낸 공주 말입니다. 당신의 주인을 구하기 위해 그가 직접 올지는 모르지만, 이것만큼은 확실합니다. 분명히 마법사의 손에서 마녀를 구할 수 있을 거예요. 이쪽으로 오세요. 이 친구가 불의 나라 경계까지 안내해 줄 겁니다. 일단 그 나라에 입성하면 많은 친구를 만날 수 있겠군요. 그곳의 요정들은 친절하고 온화하답니다. 당신이 안전하게 여행을 끝낼 수 있도록 최선을 다해 도울 거예요." 요정은 자세히 설명해 주었습니다.

  격려의 말을 듣자 일렁이는 그림자는 기운이 샘솟았습니다. 이윽고, 그녀는 요정의 친구와 함께 마침내 국경에 도착했습니다. 그림자는 요정에게 작별 인사를 건네고 홀로 앞으로 나아갔습니다. 희망과 자신감을 마음에 품은 채로 말이지요.

제 3 장

불의 나라에 사는 모든 요정은 엄청난 행복에 취해 있었습니다. 불과 얼마 전, 사랑스러운 하얀 불꽃 공주가 가족의 품으로 돌아왔기 때문이지요. 빛의 왕자가 수많은 위험을 헤치고 기묘한 모험을 겪으면서 공주를 구출했답니다. 그리하여 붉은 불꽃 왕은 그에게 공주와의 결혼이라는 보상을 내렸지요. 그들의 요정 결혼식은 불타는 석탄 궁전에서 거행되었습니다. 왕이 사는 경이롭게 아름다운 성에 기쁨과 환희의 소리가 울려 퍼졌더랍니다.

영토의 중심부에 우뚝 선 궁전은 눈부신 기둥부터 시작해 꼭대기에서 불타는 탑까지 모든 것이 완벽한 장소였

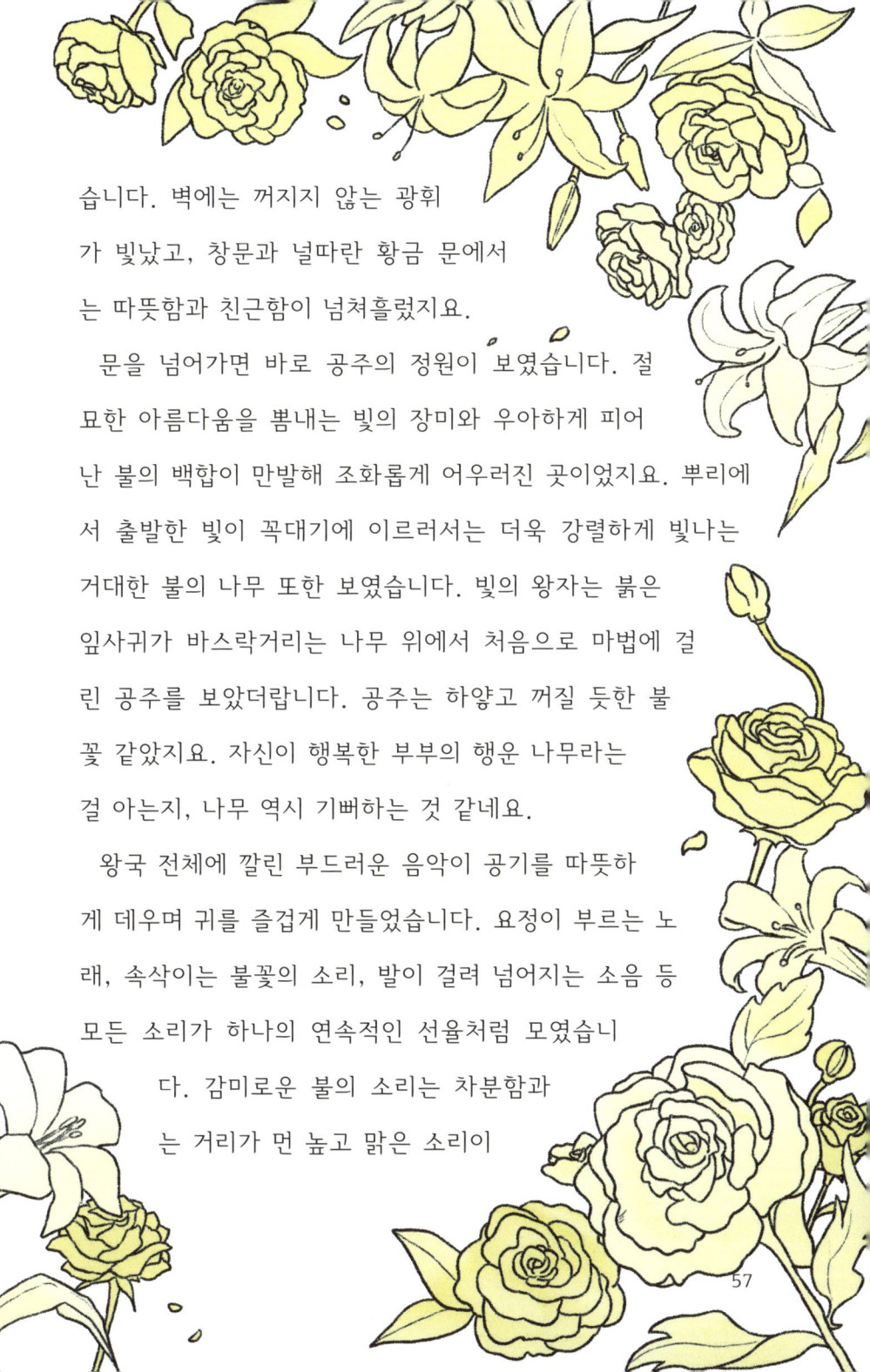

습니다. 벽에는 꺼지지 않는 광휘가 빛났고, 창문과 널따란 황금 문에서는 따뜻함과 친근함이 넘쳐흘렀지요.

문을 넘어가면 바로 공주의 정원이 보였습니다. 절묘한 아름다움을 뽐내는 빛의 장미와 우아하게 피어난 불의 백합이 만발해 조화롭게 어우러진 곳이었지요. 뿌리에서 출발한 빛이 꼭대기에 이르러서는 더욱 강렬하게 빛나는 거대한 불의 나무 또한 보였습니다. 빛의 왕자는 붉은 잎사귀가 바스락거리는 나무 위에서 처음으로 마법에 걸린 공주를 보았더랍니다. 공주는 하얗고 꺼질 듯한 불꽃 같았지요. 자신이 행복한 부부의 행운 나무라는 걸 아는지, 나무 역시 기뻐하는 것 같네요.

왕국 전체에 깔린 부드러운 음악이 공기를 따뜻하게 데우며 귀를 즐겁게 만들었습니다. 요정이 부르는 노래, 속삭이는 불꽃의 소리, 발이 걸려 넘어지는 소음 등 모든 소리가 하나의 연속적인 선율처럼 모였습니다. 감미로운 불의 소리는 차분함과는 거리가 먼 높고 맑은 소리이

기도 했고, 누군가에 대한 찬양을 담은 낮고 부드러운 고요 속의 외침이기도 했습니다. 누군가는 당연히 왕과 그가 사랑하는 자녀들입니다.

일렁이는 그림자는 막 그곳에 발을 들였습니다. 경이로운 빛과 아름다움으로 가득 찬 나라의 모습을 본 그녀는 놀란 동시에 외경을 느꼈습니다. 그리고 확신했습니다. 이토록 밝고 순수하며 아름다운 곳에 사는 요정이라면 당연히 감옥에 갇힌 주인을 도와줄 거라고 말이지요. 과연, 국경 지대의 요정은 진실만을 말한 게 분명했습니다. 불의 요정이 사는 땅에 발을 들인 순간부터 그녀는 친절에 에워싸였거든요. 슬픔에 잠긴 얼굴에 질질 끌리는 회색 옷을 입은 이방인을 본 요정들은 깜짝 놀랐지만, 모두가 그녀의 여행을 도와줬습니다. 심지어 상황을 캐묻지도 않았지요.

일렁이는 그림자가 지친 몸과 아픈 발을 이끌고 불타는 석탄 궁전에 도착했을 때는 이미 어스름히 해가 지고 있었습니다. 저녁 무렵의 은은한 빛만이 텅 빈 정원을 비추었습니다. 산책길을 따라 쓸쓸히 우뚝 서 있는 불의 백합만이 그녀를 반겼지요. 반면 궁전의 모든 창문에서는 찬란한 빛이 뿜어져 나왔습니다. 문간 너머로 기쁨과 즐거움을 담은 소리도 새어 나왔지요. 각자 집과 정원에서 하루의 일과를 모두 마친 요정들이 궁전 홀에서 노는 즐거운 저녁 시간이었기 때문입니다. 그때가 되면, 그들은 왕 앞에서 자유롭게 춤추고 노래하곤 했습니다. 때때로 과거의 모험 이야

기를 나누거나 고귀한 행동이란 무엇
인지 토론하기도 했지요.

 일렁이는 그림자는 소심히 성 앞에 서 있었습니
다. 간절히 들어가길 원하면서도 한편으로는 두려웠거든요. 이
토록 밝고 즐거운 땅이 있다니요! 정말로 왕자가 이곳을 떠나
음울하고 위험한 땅에서 마녀를 구하려 할까요?

 그러나 왕자의 도움 없이 마녀를 구할 방법은 없었습니다.
마녀의 하인은 끝내 두려움을 버리고 조심히 정원을 지나 빛
나는 문 앞에 다다랐습니다. 문턱에 멈춰 선 그녀의 검은 눈이
궁전 홀을 거쳐 그 너머의 넓은 장소에 꽂혔습니다. 붉은 불꽃
왕이 기다란 황금 왕좌에 앉아 있었고, 애
타게 찾던 인물은 왕의 오른편에 있
었습니다. 한동안 주인의 마법에

놀아났던 그 용감하고 잘생긴 왕자가 분명했습니다. 노란 머리카락이 어깨 위로 부드럽게 흘러내리고, 고상한 얼굴에는 용맹하고 쾌활한 기색이 역력한 모습 그대로였습니다. 주홍빛 벨벳 망토와 모자 위에서 흔들리는 깃털까지 변함이 없었지요.

왕자의 옆자리에는 눈부신 예복을 입은 공주가 밝디밝은 금빛 머리카락을 찰랑대고 있었습니다. 공주를 만난 적이 없는 그림자도 한눈에 알아볼 만큼 온화함이 넘치는 아름다운 얼굴이었습니다. 필시 그녀라면 간절하고 애절한 구조 요청을 무시하지 않을 것입니다.

회색 망토를 끌어안고서 일렁이는 그림자는 대담하게 내부로 진입해 재빨리 홀을 가로질렀습니다. 유쾌하게 수다를 떨던 불의 요정들은 깜짝 놀랐습니다. 그러나 누구도 스치듯 날아가는 불청객을 붙잡지 않았기 때문에, 그녀는 방해 없이 왕이 있는 곳까지 나아갔습니다.

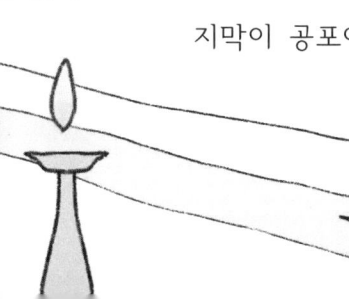

공주가 제일 먼저 일렁이는 그림자를 발견했습니다. 나지막이 공포에 찬 비명을 지르며 왕자의 손을 잡은 공

주는 떨면서 속삭였습니다.

"저길 봐요, 왕자님! 누가 오는지 보세요! 우리가 오랫동안 방황했던 그 암울한 땅의 존재가 아닌가요?"

일렁이는 그림자를 본 왕자는 금세 그녀가 그림자 마녀의 하인이라는 사실을 기억해 냈습니다.

"오, 왕이시여. 잠시만 제 말씀을 들어 주십시오. 제 이름은 일렁이는 그림자이며, 결코 사악한 의도를 가지고 방문한 것이 아닙니다. 현재 극심한 곤경에 처한 나의 주인, 마녀를 위해 빛의 왕자에게 도움을 청하러 왔습니다. 짧게나마 그는 제 주인의 진정한 친구였습니다."

그가 뭐라 말하기도 전에, 붉은 불꽃 왕의 발치에 몸을 던진 일렁이는 그림자가 읍소했습니다.

그 목소리에 담긴 슬픔에 마음이 동한 붉은 불꽃 왕은 자애롭게 말했습니다.

"일어나거라, 일렁이는 그림자여. 두려워하지 말고 말해 보라. 왕실을 대표해서 약속하겠다. 네 주인을 돕기 위해 할 수 있는 모든 원조를 하겠다."

왕의 말이 끝나자 빛의 왕자가 몸을 굽혀 발치에 엎드린 그녀를 일으켰습니다.

"나는 진실로 네 주인을 친구라고

생각한다. 그녀에게 진 빚을 결코 잊은 적이 없어. 그 곤경이라는 게 뭔지 빨리 말해 보렴." 그는 그림자의 말을 확인해 주었지요.

하얀 불꽃 공주 역시 부드럽게 덧붙였습니다.

"그래, 말해 줘. 여기 있는 모두가 마녀의 은혜를 입은걸? 왕

자님뿐만 아니라 나나 우리 아버지까지 모두가 빚이 있는 셈이야."

격려에 용기를 얻은 일렁이는 그림자는 이야기를 시작했습니다. 주변에는 그녀를 측은히 여기는 요정들이 가득했습니다. 처음부터 그녀에게 동정심을 보이던 그들은 이야기가 끝날 때쯤엔 너도나도 그녀의 친구가 되기를 자청했더랍니다.

왕의 발언을 기다리지 못한 빛의 왕자가 외쳤습니다.

"폐하, 제 의무는 명백합니다. 마녀가 저 때문에 벌을 받게 돼서는 안 됩니다. 즉시 그녀를 구하러 가겠습니다. 이미 한번 불꽃 검으로 마법사를 쓰러트린 적이 있으니, 다시 그를 무찌를 수 있을 겁니다."

왕은 침묵했습니다. 일렁이는 그림자는 왕자의 관대한 제안을 듣고 기뻐 흐느꼈지요.

한편 하얀 불꽃 공주는 공포로 몸을 떨었습니다. 문득 마법사의 어두운 동굴에서 겪은 일이 떠올랐기 때문입니다. 공주는 동굴의 잔인한 지배자와 그가 왕자를 파괴하기 위해 읊던 주문

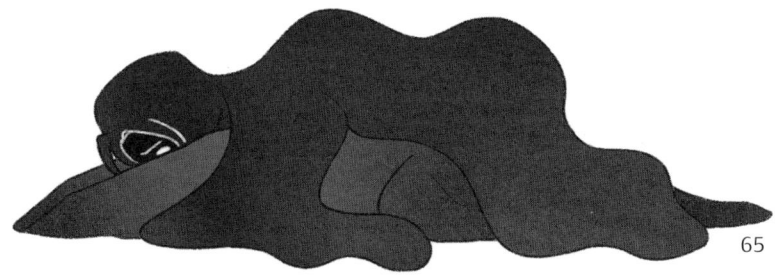

을 똑똑히 기억해 냈습니다. 일순 무기력하게 고통받는 마녀도 잊을 정도였지요. 그러나 그것은 정말 잠깐이었습니다. 공주는 곧 동정심이 가득한 목소리로 부드럽게 말했습니다. 왕자가 다칠까 두려워하는 마음 때문에 목소리는 다소 떨렸지요.

"아, 어떻게 그런 일이! 그녀가 고통받는 걸 보고만 있을 수는 없어요! 당연히 도와줘야지요."

"빨리, 빨리 출발해요. 지금이라면 늦지 않았을 거예요." 일렁이는 그림자는 숨을 헐떡이며 말했습니다.

그림자의 재촉에 왕자는 서둘러 확답하려 했습니다. 그 찰나, 붉은 불꽃 왕이 끼어들었습니다. 단호하지만 온화하고 권위 있는 목소리였지요.

"진정하거라, 부마여. 이토록 중요한 문제에는 사소한 실수도 있어서는 안 돼. 왕국에서 제일가는 요정에게 조언을 듣는

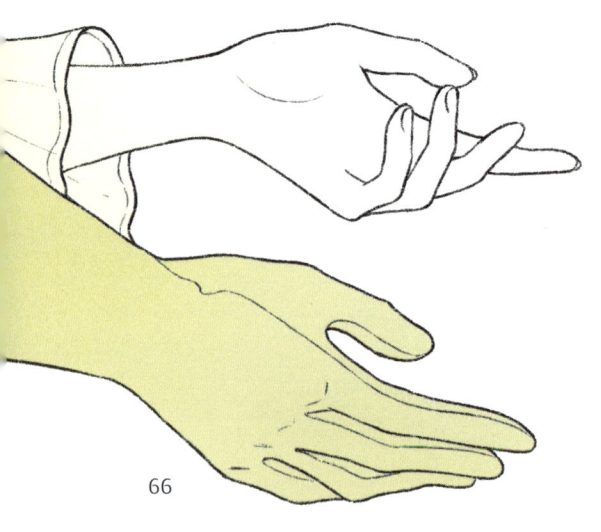

게 좋겠다. 지혜로운 분께서는 무엇이 필요한지 아실 테니 말이다."

손을 들어 가장 빠른 전령을 부른 왕이 명령했습니다.

"지금 당장 출발하거라, 돌진하는 불꽃이여. 현자께 왕이 도움을 청한다고 전해라."

돌진하는 불꽃은 급하게 떠났습니다. 좌중은 깊은 침묵에 휩싸였지요. 들리는 말이라고는 불의 요정이 뱉는 낮은 속삭임뿐이었습니다. 모두가 현자가 도착하기만을 목이 빠지게 기다렸습니다.

지혜를 구하는 자가 어디에 있든 언제라도 조언할 준비가 된 현자는 곧 왕 앞에 당도했습니다. 그 나이대의 요정에게는 기대할 수 없을 정도의 속도였지요. 일렁이는 그림자는 간절함에 찬 눈을 들어 올려 눈앞의 요정을 바라보았습니다. 그는 짙은 주홍색 옷을 입은, 까마득히 나이가 든 요정이었습니다. 눈처럼 하얀 수염과 날카롭고 예리한 눈을 가지고 있었지요. 이토록 나이 많고 현명한 요정이 있는 줄은 꿈에도 몰

랐더랍니다.

"폐하, 부르셨나이까?"

허리를 숙여 최대한의 경의를 표한 현자가 엄숙하게 말했습니다.

"이 상황에 딱 맞는 조언을 주십시오." 붉은 불꽃 왕은 그에게 간청했습니다.

"저 멀리 마녀가 동굴에 투옥되어 있습니다. 마법사이자 그녀의 형제가 한 짓이지요. 마녀는 그저 빛의 왕자와 나의 사랑하는 딸에게 친절을 베풀었을 뿐입니다. 저기 보이는 마녀의 하인, 일렁이는 그림자가 긴급한 구조 요청을 하러 왔습니다. 어떻게 생각하십니까? 왕자가 동굴에 가면 마녀를 구할 수 있을 거라고 보십니까? 무사히 돌아올 수는 있겠습니까?"

왕의 말을 들으며 불안한 마음을 감추지 못한 하얀 불꽃 공주는 현자의 얼굴에서 시선을 떼지 못했습니다. 조마조마한 마음으로 현자의 답변을 기다렸지요. 그의 대답에 사랑하는 주인의 운명이 걸려 있는 그림자 역시 걱정스레 귀를 기울였습니다.

"왕자는 그 일을 할 수 없습니다, 폐하." 현자는 한 치의 망설임도 없이 대답했습니다.

"부마께서 마녀에게 커다란 빚을 진 것은 사실입니다. 그러니 불꽃 검을 가지고 마법사와 맞서려는 행동은 참으로 용감하고, 마땅한 일이지요. 그러나, 불꽃 검은 마녀의 구출을 위한 무기가 아닙니다."

일렁이는 그림자의 눈에서 눈물이 흘렀습니다.

"아아, 아아! 불쌍한 나의 주인님!" 그녀는 흐느꼈지요.

"그렇다면, 마법의 힘도 모두 사라진 채 짙은 어둠 속에 갇힌 주인님은 어쩌란 말입니까?"

연민이 담긴 낮은 웅얼거림이 사방에서 쏟아졌습니다. 마음씨 착한 불의 요정부터 왕에 이르기까지, 심지어 그곳의 가장 연약한 요정조차 탄식했더랍니다.

하얀 불꽃 공주가 일렁이는 그림자의 어깨를 다독여 주었습니다.

"잠시만 기다려 봐요." 그러면서 위로하듯 말했습니다.

"현자께선 누구보다도 많이 아시며, 대단한 지혜를 가진 분입니다. 세상 어떤 마법도 지혜를 이길 수는 없어요. 어딘가에 분명 당신의 주인을 도와줄 사람이 있을 거예요. 그분이 누군지, 어디에 가면 만날 수 있는지 현자께서 알려 주시겠지요."

"바로 맞혔습니다, 공주님." 현자는 서둘러 덧붙였습니다.

"지혜의 서에는 이미 마녀의 불행이 기록되어 있습니다. 또한 이 상황에서 그녀를 구출할 수 있는 존재도 나와 있지요. 기록에 따르면 그가 마녀를 구할 유일한 요정입

니다. 마법사가 친히 마법을 건 감옥에서 그녀를 빼낼 수 있는 것도, 어떤 위험이 닥치더라도 결국 승리하는 것 또한 오로지 그분뿐입니다."

"그분의 이름은요?" 왕과 빛의 왕자, 그리고 공주까지 모두 한목소리로 외쳤습니다.

"제발 이름이라도 알려 주세요." 일렁이는 그림자 역시 애원했습니다.

"폐하, 그분은 바로 당신의 조카인 불잉걸 왕자입니다. 마녀를 구할 운명을 타고났지요." 현자가 선언했습니다.

숨 쉬는 것도 잊은 채 현자의 대답을 기다리던 이들은 강렬한 안도의 한숨을 터트렸습니다. 벅차오르는 기쁨에 일렁이는 그림자의 심장이 빠르게 뛰었습니다.

"그대가 말한 위험 말인데, 나의 사랑하는 조카 또한 무사할 수 있는 것입니까?" 붉은 불꽃 왕이 걱정스럽게 물었습니다.

"그렇습니다, 폐하. 그분께서 제 조언을 충실히 따른다면 모든 일이 순조로울 것입니다. 불잉걸 왕자를 제게 보내 주십시오. 꼭 필요한 지혜를 알려 드리겠습니다." 현자는 확답했습니다.

그러고는, 왕에게 작별 인사를 한 뒤 자신의 오두막으로 돌아갔습니다.

다시금 왕의 명령을 받은 돌진하는 불꽃은 서둘러 출발했습니다. 이번에 그가 맡은 임무는 불잉걸 왕자를 부르는 것이었습니다. 왕이 직접 왕자에게 모험을 설명할 수 있도록 말이지요.

제4장

붉은 불꽃 왕의 궁전에서 멀지 않은 곳에는 눈부시게 아름다운 잉걸불 나라가 있습니다. 아침에는 부드러운 장밋빛이 궁전과 정원을 물들이고, 정오에는 나라를 가득 채운 빛에서 희미하게 달콤한 향까지 나곤 했답니다. 탑과 나무를 타고 오른 튼튼한 장미가 만개

하며 풍기는 향기였지요.

해 질 녘이 되면 보랏빛 광채가 사방에 내려앉습니다. 빛의 축복은 모든 요정이 평화롭게 잠들 때까지 이어졌지요. 그 땅

한가운데에 요정이 사는 궁전이 있습니다. '즐거운 환호 궁전' 이라고 불리는 그곳은 불잉걸 왕자의 집이기도 했지요.

  왕자는 궁전에서 가장 좋아하는 장소에 혼자 앉아 깊은 생각에 잠겨 있었습니다. 바로 앞 탁자 위에는 고대 요정어로 쓰인 두꺼운 책이 활짝 펼쳐진 채였습니다. 먼 옛날 요정의 모험담이 잔뜩 기록된 책이었지요. 내용을 곱씹던 그의 마음은 갈망으로 터질 듯했습니다. 당장에라도 모험을 떠날 수 있다면 얼마나 좋을까요? 값진 승리를 쟁취할 수만 있다면 위험한 모험이라도 상관없었습니다. 궁전은 조용하기 짝이 없고, 하인들은 언제나 행복하고 평온하기만 했거든요. 나서서 해야 할 일도 없으니 무료하기만 했습니다.

  큰 키에 쭉 뻗은 팔다리를 가진

이 잘생긴 요정이 바로 눈부신 잉걸불 나라의 왕자입니다. 그의 머리카락은 붉은 기가 도는 금발이었는데, 마치 가장 화려하게 빛날 때의 불처럼 보였지요. 생기가 가득한 눈은 한눈에 봐도 선량함이 넘쳐흘렀습니다. 어깨에 걸린 진홍색 망토가 짙은 색깔의 옷 위에서 나부꼈습니다. 빨갛고 둥근 모자를 둘러싼 검은 깃털은 찬란한 머리카락과 잘 어우러졌더랍니다.

왕자의 옆자리는 비어 있었습니다. 아직 마음을 흔들 만한 상대를 만나지 못했기 때문이지요. 그는 때때로 외로움을 느끼곤 했습니다. 언제나 즐거운 환호가 가득한 궁전에서 말입니다.

궁전의 요정들은 왕자를 매우 사랑했고 또한 열정적으로 그를 섬겼습니다. 그보다 친절하고 고상하며 정의롭기까지 한 주인은 어디에도 없기 때문입니다.

운명적인 여름날 저녁, 왕자는 최근 빛의 왕자가 보인 용감한 행동을 떠올렸습니다. 고대의 책에 기록된 모험에 비견될 만큼 훌륭한 일이었지요.

그가 자신은 그렇게 대단한 모험을 할 수 없을 거라며 한숨을 쉴 때, 돌진하는 불꽃은 즐거운 환호 궁전으로 향하고 있었습니다. 빠르게 왕의 전언을 전하기 위해서 아름다운 나라에 한눈을 판다거나 방향을 바꾸는 일도 없이 내달렸습니다. 전령은 곧 왕자의 정원으로 들어가는 황금 아치문에 이르렀습니다.

화살처럼 정원을 통과한 전령이 궁전 입구에 도착했습니다. 그가 노크하자, 잉걸불 요정이 문을 열었습니다. 요정은 전령의 용건을 듣고 서둘러 그를 왕자에게 데려갔습니다.

"왕자 저하." 전령이 운을 뗐습니다.

"소인, 돌진하는 불꽃이 대왕의 메시지를 가져왔습니다."

"말해 보거라, 돌진하는 불꽃. 폐하의 전언은 무엇이지?" 불잉걸 왕자는 명령했습니다.

"즉시 방문하라 전하셨습니다. 왕자님과 논의할 중요한 문제가 있다고 합니다." 전령은 대답했습니다.

"문제라는 건 무엇인가?"

"제가 말씀드릴 수 있는 것은 이것뿐입니다. 위험하고 어려운 모험에 관한 일이란 것이지요. 자세한 설명은 왕께 직접 들으셔야 합니다." 돌진하는 불꽃이 말했습니다.

다음 순간 벌떡 일어난 불잉걸 왕자의 눈은 열정적으로 빛나고 있었습니다.

"빨리 내 말을 궁전 앞으로 데려와 줘. 백부님을 찾아뵈어야겠어." 왕자가 곧장 근처에 있는 잉걸불 요정에게 외쳤습니다.

요정은 즉각 명령을 따랐습니다. 발 빠른 말과 의욕에 찬 왕자의 조합은 과연 대단했습니다. 얼마 지나지 않아 왕자가 탄 붉은 군마의 발굽 소리가 불타는 석탄 궁전에 울려 퍼졌거든요.

돌진하는 불꽃 역시 있는 힘껏 달리는 중이었지만, 그는 아직 궁전에 도착하지 못했습니다. 여태껏 달린 만큼이나 더 달려야 했지요. 전령을 뒤로하고 궁전에 도착한 왕자는 재빨리 말에서 내려 왕 앞에 당도했습니다.

"아, 친애하는 나의 조카, 불잉걸 왕자." 붉은 불꽃 왕이 왕자의 손을 잡으며 외쳤습니다.

"네 도움이 간절히 필요한 때구나. 마녀의 하인이 도와 달라며 우리를 찾아왔단다. 마녀의 오라비, 어둠의 동굴 마법사

가 그녀를 가두었다고 해. 빛의 왕자와 나의 딸에게 친절을 베풀었다는 이유로 벌을 받는 거라더군. 부마는 마녀를 구해 빚을 갚고자 했지만, 현자께서 말리셨다. 그분이 이르시되, 그녀를 자유롭게 해 줄 운명을 타고난 인물은 바로 너라는구나. 다른 이들은 그럴 수 없다고 하신다. 상황이 이러한데, 너는 이 과업을 맡을 생각이 있느냐?"

"아, 폐하! 이토록 반가운 일이 다 있겠습니까. 저는 언제라도 출발할 준비가 되어 있습니다." 불잉걸 왕자는 의욕이 넘치는 얼굴로 외쳤습니다.

왕은 매우 기뻐했습니다. 하지만 불안과 두려움에 휩싸여 옴

짝달싹 못 하던 일렁이는 그림자만 큼은 아니었습니다. 그녀는 왕자의 발 앞에 엎드려 말로 담을 수 없을 정도의 감사를 표현했습니다. 드디어 마녀를 구할 수 있게 되었다고 확신한 빛의 왕자와 하얀 불꽃 공주의 마음도 기쁨으로 넘쳐흘렀지요. 그들의
행복에 감화된 듯 요정들도 잔뜩 고취되었습니다.

"모험이 성공하려면 현자의 말씀을 따라야 한다. 그러니 먼저 그분께 가서 지침을 듣거라. 네가 지침을 제대로 따른다면 실패할 리 없다고 확언하시더구나." 붉은 불꽃 왕이 다시 말을 꺼냈습니다.

"그분의 말씀을 주의 깊게 듣겠습니다." 불잉걸 왕자는 왕에게 약속했습니다.

그리하여 왕자는 모두에게 작별 인사를 한 후, 일렁이는 그림자와 함께 현자의 집으로 출발했습니다.

현자가 사는 작고 기이한 오두막은 그리 멀지 않았기 때문에, 그들은 금세 문 앞에 도착했습니다. 현자의 오두막에선 마법의 비문(秘文)이 새겨진 벽이 밝게 빛나고 있었습니다. 현자 외에는 누구도 읽을 수 없는 언어였지요. 일렁이는 그림자는 놀란 눈으로 글씨를 바라보았습니다. 타오르는 불꽃 덤불로 둘러싸인 지붕 꼭대기의 굴뚝은 또 어떻고요? 굴뚝이 꼭 불타는 횃불처럼 보였더랍니다.

　왕자는 기묘하게 조각된 문을 두드렸습니다. 현자의 허락을 받은 그가 안으로 들어가자마자 그림자는 재빨리 뒤로 물러났습니다. 그러고는 불꽃 덤불 아래에 몸을 숨겼습니다. 그렇게 그가 다시 나타날 때까지 꼼짝도 하지 않았지요.

　한편, 왕자는 오두막 안에서 저를 기다리던 늙은 요정을 발견했습니다.

　"안녕하세요, 불잉걸 왕자님. 고귀한 여정을 시작할 준비는 되었습니까." 그는 곧바로 벌떡 일

어나 왕자를 맞이했습니다.

"기꺼이요." 왕자는 마음에서 우러나온 말로 대답했습니다.

"준비도 없이 갈 수는 없는 일이지요. 모험의 성공 여부는 당신이 요정의 선물을 얼마나 잘 활용하느냐에 달렸습니다." 현자가 대꾸했습니다.

"말씀하신 선물이라는 게 무엇입니까?" 왕자는 물었습니다.

"첫째로는, 검입니다. 강력한 힘을 가진 요정 검이지요." 바로 대답이 돌아왔습니다.

"이런! 나한테는 검이 없습니다." 왕자는 한숨 쉬었습니다.

"과연 그럴까요?" 현자가 웃으며 대답했습니다.

그러더니 오두막 구석에 외따로 떨어진 고대 상자로 다가갔습니다. 신비한 표시가 깊게 새겨진 상자에서는 필요할 때마다 수많은 마법의 선물이 나오곤 했습니다. 그 안에는 항상 보물이 가득 차 있었지만, 정말로 사용할 물건밖에 볼 수 없었지요.

현자는 몸을 굽혀 자물쇠에 열쇠를 꽂았습니다. 그러자 열쇠가 저절로 돌아가는 것이 아니겠어요? 누가 건드리지도 않았는데 말입니다. 뚜껑 역시 거대한 경첩 위로 저절로 올라갔습니다.

"가까이 와서 당신의 검을 확인하십시오." 현자가 말했습니다.

왕자는 재빨리 그의 옆으로 다가갔습니다. 그러자 빛나는 칼집에 꽂힌 요정 검이 눈앞에 나타났습니다. 왕자는 경외감에 사로잡혔습니다.

"잡으십시오."

현자가 지시했습니다.

왕자가 검을 들어 올려 칼집을 풀자, 타오르는 빛이 오두막을 가득 채웠습니다. 강렬하고 열렬한 열기가 검에서 흘러나왔습니다.

"이것은 불의 검입니다." 고대의 요정이 설명했습니다.

"빛의 왕자에게 불꽃의 검이 있다면, 당신께는 이 검이 있는 것이지요. 강력한 힘을 가진 검입니다. 맞닥뜨린 모든 위험과 마주할 모든 장애물을 넘어서 마침내 한 사람을 구하고 승리를 쟁취할 만큼 강한 힘이지요."

불잉걸 왕자의 심장이 빠르게 뛰었습니다.

"다른 선물은 무엇입니까?" 그가 열정적으로 물었습니다.

"다음 물건은 내가 주는 선물입니다. 상자 안을 한번 살펴보세요."

왕자는 몸을 숙여 흐릿한 내부를 들여다보았습니다.

"작고 둥근 상자가 있네요."

"꺼내서 열어 보

십시오."

현자의 조언에 따라 그는 순순히 상자를 꺼내 걸쇠를 풀었습니다. 그 안에는 검고 반짝이는 약간의 숯이 있었지요. 내용물을 보고 깜짝 놀란 왕자가 질문했습니다.

"이게 저를 도울 만한 힘을 가졌다는 건가요?"

"숯이 가진 힘은 대단하지요." 현자는 엄숙하게 대답했습니다.

"조심히 다루십시오. 탈출이 요원해 보일 때, 당신을 방해하는 위험 한가운데에 던지면 됩니다. 그렇게 하면 선한 마법이 안전히 나아갈 길을 닦아 줄 것입니다."

왕자는 현자에게 감사를 표하며, 상자를 닫고 조심스럽게 가슴에 넣었습니다.

"모험을 성공적으로 마치기 위해서는 눈에 띄지 않고 마녀가 갇힌 감옥까지 가야 합니

다." 현자는 그사이에도 쉬지 않고 조언했습니다.

"선량한 불의 요정 중에서도 오직 잉걸불 요정만이 완벽하게 투명해지는 능력을 보유하고 있지요. 당신과 나처럼 말입니다. 마법사의 동굴에서는 그 마법을 사용하면 되지만, 동굴 밖 평원에서는 통하지 않을 겁니다. 재의 망토가 필요할 테지요."

"세상에, 그것까지 주신다는 말씀입니까?" 왕자가 가쁜 숨을 몰아쉬며 물었습니다.

"아니요, 내겐 망토가 없습니다." 현자는 고개를 저었습니다.

"망토는 오직 국경 지대의 회색 요정만이 가지고 있습니다. 제작 비밀을 그와 그의 동료들만 알기 때문입

니다. 게다가 망토는 착용자 앞에서 엮어야 효과가 있습니다. 요정은 분명히 부탁을 들어줄 겁니다. 일렁이는 그림자가 그의 오두막을 알고 있으니, 그녀를 따라가세요. 모든 조언을 충실히 따라, 무사히 마녀를 구출하길 바랍니다."

　선물과 조언에 감사 인사를 한 뒤 왕자는 오두막을 떠났습니다. 그가 밖으로 나오자 불꽃 덤불 아래서 몸을 일으킨 일렁이는 그림자가 금세 옆으로 다가왔습니다. 그녀는 왕자를 국경 지대로 인도했습니다.

　선량한 회색 요정의 집은 국경 지대에서도 가장 외딴곳에 있었습니다. 불잉걸 왕자와 일렁이는 그림자가 접근하자 문과 창문이 연이어 빠르게 닫혔습니다. 두꺼운 잿더미가 지붕을 덮은 걸로도 모자라 외벽을 타고 흘러내렸기 때문에, 누구도 그곳에 집이 있다는 사실을 눈치채지 못했지요. 길을 안내하는 동료가 없었다면 왕자 역시 그랬을 터입니다.

문 앞에 도착하자, 일렁이는 그림자가 우뚝 멈춰 섰습니다.

"여기가 그 요정의 집이에요." 그녀는 말했습니다.

그러고는 몸을 돌려 저 멀리 솟아오른 높고 검은 절벽을 가리켰습니다.

"저쪽에는 마법사가 사는 어둠의 동굴이 있어요. 나의 불쌍한 주인님이 그곳에 갇혔지요. 요정에게서 원하는 것을 얻거든, 부디 지체하지 말고 마녀님께 가 주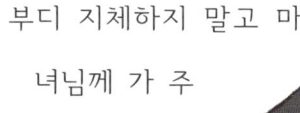

세요. 끔찍하게 잔인한 마법사가 그새 무슨 짓을 할지 모릅니다. 절벽 쪽으로 이어지는 가파른 길을 오르면 바로 앞에 입을 쩍 벌린 동굴이 보일 거예요. 이제 나는 그림자의 땅으로 돌아가 주인님의 귀환을 기다리겠습니다."

다시 몸을 바로 한 그

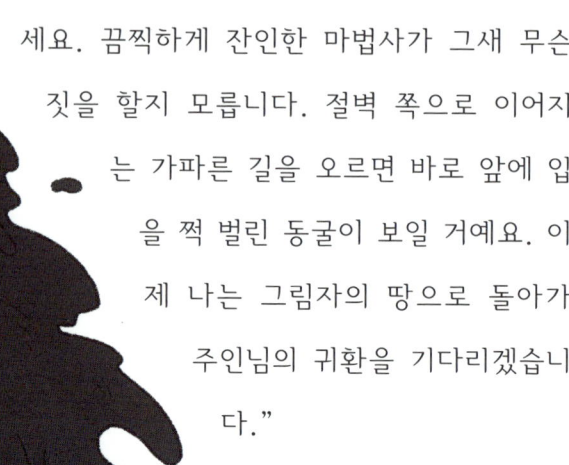

녀는 문을 세 번 두드렸습니다. 마녀의 하인이라는 신호였지요. 조용히 문이 열리고, 왕자는 그 안으로 발을 들였습니다.

"안녕히 가세요, 고귀하고 관대하신 왕자님. 부디 빠르고 안전하게 귀환하시길." 일렁이는 그림자가 중얼거렸습니다.

"너도 잘 가렴. 꼭 성공해서 마녀를 집으로 데려갈 테니 기다려 줘." 불잉걸 왕자도 화답했지요.

문은 열릴 때만큼이나 조용하게 닫혔습니다.

제5장

한치 앞도 보이지 않는 어둠 속, 마녀는 홀로 감옥에 앉아 날마다 더 깊은 슬픔에 잠식되어 갔습니다. 심지어 몸까지 점점 흐릿해지고 있었지요. 슬픔이 도를 넘어 결국 공포에 휩싸일 정도였습니다. 일렁이는 그림자도 마땅한 방법을 찾지 못할 게 뻔했습니다. 대체 누가 두꺼운 벽에 둘러싸인 지하 감옥에 침투할 수 있을까요. 게다가 마법사의 말에 따르면 경비병이 동굴 입구를 철저하게 감시하기까지 하는걸요.

매일 마녀에게 음식을 가져다주는 대장 악마는 날이 갈수록 무례해졌습니다. 오라버니 또한 하루에 한 번씩 감옥을 방문하곤 했는데, 오로지 억류된 마녀의 나약함을 조롱하기 위함이었지요. 그녀는 인내심 있

게 견디는 스스로가 자랑스러우면서도, 한편으로는 두려웠습니다. 마법사가 또 어떤 고통스러운 체벌을 준비했을지 짐작할 수도 없었거든요.

 마법사와 그의 친구들이 사용하는 사악한 마법이 이토록 미워질 줄은 마녀도 몰랐습니다. 같은 마법을 사용했던 과거의 자신조차 혐오스러울 정도였습니다. 악의 없이 그저 장난을 치기 위해 사용한 건데도 말입니다.

 탈출을 향한 갈망이 견딜 수 없을 만큼 커졌지만, 오라버니가 방문할 때마다 자유로워질 수 있다는 희망은 서서히 사라졌습니다. 대체 언제쯤 풀어 줄 거냐고 물어도 마법사는 경멸하듯 비웃기만 했거든요.

 그날도 역시 마녀는 자신의 처지를 뼈저리게 느끼며 앉아

있었습니다. 그러다 가까워지는 발소리를 들었습니다. 곧 벽이 갈라지며 마법사가 등장했습니다. 그와 동행한 악마들이 든 등불이 희미하게 어둠을 밝혔지요. 그들은 조용히 움직여 그을음이 묻은 벽을 따라 섰습니다. 미약하게나마 힘이 되살아나는 것을 느낀 마녀는 있는 대로 힘을 모아 일어서서 마법사를 노려보았습니다. 마법사는 잔인한 미소를 지으며 여동생에게 다가갔습니다.

"그래, 영리한 내 동생아. 이제 쾌적한 휴식처에 잘 적응한 것처럼 보이는구나." 그가 조롱하듯 말했습니다.

마녀는 차디찬 시선으로 마법사의 얼굴을 응시할 뿐, 아무런 대꾸도 하지 않았지요.

"그래, 이제는 사악한 장난도 모두 동이 나 버렸지 뭐냐." 마법사는 아랑곳하지 않고 계속해서 말했습니다.

"게다가 확실히 너도 한계인 것 같으니 말이다. 어쨌든 너는 회개의 시간을 가질 필요가 있어. 아직 더 반성해야 한다는 말이란다. 오늘은 네 그림자 나라의 소식을 전하러 왔단다. 너의 하인 검디검은 그림자가 널 대신해 그곳을 지배하고 있다더구나. 아니, 권력을 즐기고 있다고 해야겠지. 결국 누구도 네 부재를 눈치채지 못했다는 뜻이다."

마녀는 여전히 말이 없었습니다. 검디검은 그림자의 대담함과 무례함을 익히 아는 그녀는 마법사의 말을 부정하지도 않았지요. 그러나 그 초연한 반응이 그의 심기를 건드렸습니다.

"그리고 일렁이는 그림자 말인데, 네가 다른 누구보다 신뢰하는 하인이라지? 그 하인 역시 검디검은 그림자에 편승했다고 하는구나. 무엇을 시키든 복종한다던데."

"그건 확실히 거짓말이네. 일렁이는 그림자는 누구보다 충직한 하인이야. 그 애가 날 배신할 리 없다고. 게다가 나를 사랑하고 섬기는 하인은 아주 많아." 마녀가 곧장 반박했습니다.

"글쎄. 얼마 전 나를 찾아왔을 때는 충성심이라고는 눈곱만큼도 확인할 수 없더구나." 마법사는 느릿느릿 거무스름한 수염을 쓰다듬으며 말했습니다.

"하마터면 나도 속을 뻔했지 뭐냐. 초반에는 진심인 것처럼 울면서 너를 풀어 달라고 애원하더니, 내가 관심을 주지 않자 본색을 드러내더군. 네가 감옥에 갇혀서 진심으로 기쁘다고 말하더구나. 심지어 더 오래 붙잡아 두는 건 어떠냐고 제안하던데. 우리 착한 동생님께 알려 주자면, 네 하인과 흥정할 필요는 없었다. 굳이 그러지 않아도 세운 계획을 바꿀 일은 없으니까. 네 궁전과 왕국을 모두 내 손에 넣기 전까지 너는 계속 이 감옥에 있어야 해."

"어디에도 일렁이는 그림자를 의심할 만한 부분은 없네. 난 그 애를 잘 알아. 오라버니가 아무리 배신자라고 말한들, 그 말을 믿을 이유가 없다는 것도 알지. 비록 탈출할 날이 까마득하고 그 과정이 아주 험난할지라도 나는 언젠가 자유의 몸이 될 거야. 그때가 되면 오라버니도 깨닫겠지. 모든 게 내 충실한 하인들의 공이라는 걸."

단호한 마녀의 태도에도

마법사는 계속해서 그녀를 자극해 용기를 꺾으려고 했습니다. 그가 조롱했습니다.

"너를 구출하는 그 좋은 일을 할 왕자가 없다는 게 얼마나 불행한 일이냐! 어딘가에는 빛의 왕자 같은 놈도 있겠지. 네가 그토록 큰 위험을 무릅쓰고 도운 그 요정 말이다. 하지만 그놈은 연약한 공주와 함께 불의 땅으로 돌아가 버렸다. 너는 그놈 때문에 이런 고초를 겪는데, 그놈은 널 구하기 위해서 다시 이곳에 오진 않는구나."

마녀는 자부심을 갖고 고개를 들어 올렸습니다. 갇힌 후 처음으로, 그녀의 아름다운 눈에서 눈물이 흘렀습니다.

"그 사람이 날 좋게 기

억하든 그러지 않든, 이 고난에서 구해 주든 아니든, 그를 도운 걸 절대 후회하지 않아. 내 황량한 땅에 처음으로 빛을 가져다준 요정이니까. 생애 처음으로 고귀하다는 게 뭔지 깨달았는걸. 그를 도울 수 있어서 행복했고, 그건 내가 여태껏 했던 일 중 가장 자랑스러운 일이야."

마법사는 깜짝 놀랐습니다. 마침내 동생이 정신을 놓아 버린 걸까요? 대체 무슨 일을 겪었길래 장난치기를 좋아하던 마녀가 이런 식으로 말할까요?

"이상한 말을 하는구나, 동생아." 마법사는 날카롭게 대꾸했습니다.

"단순한 즐거움 때문에 뻔뻔한 이방인을 도운 게 아니라고? 그놈은 네 백성들과 이 땅에 사는 모든 생명의 적이다. 나를 속이고 고통스럽게 하려는 유희가 아니었다면 대체 왜 그놈을 도운 거냐?"

"아, 그런 시시한 일에는 관심 없어. 나는 그렇게 용감하고 선량한 사람이 사악한 마법의 희생양이 되는 게 싫었을 뿐이야. 호시탐탐 파멸만 노리는 악당이 그를 불행하게 만드는 걸 두고 볼 수 없었거든." 마녀는 과감하게 대답했습니다.

"그는 우리가 누군지 일깨워 줬어. 확실히 말하건대, 이 사악한 마법에서 풀려나면, 오라버니와 동료들에게서 영원히 달아나서 선한 마법만 쓰고 살 거야. 내 왕국, 그림자 나라에서 그럴 수 없다면 고향을 떠나 왕자의 나라로 갈래. 찬란히 빛나는 선한 마법의 땅에서 고귀한 마법을 배울 수 있다면 그곳을 진정한 고향으로 삼겠어."

그녀의 말을 들은 마법

사는 맹렬히 분노했습니다.

"이 끔찍한 것!"

마법사가 고함쳤습니다. 그러자 두 사람의 대화를 엿듣던 악마들이 지레 겁을 먹고 벽에 몸을 바짝 붙였습니다.

"날 고통스럽게 만든 것만으로는 충분하지 않더냐? 감히 이 땅의 비밀을 가지고 불의 나라로 가겠다고? 배신자 같으니! 한동안 체벌을 멈추려고 했더니 안 되겠구나. 널 풀어 주면 즉시 우리를 배신하고 불행을 불러오겠지. 그런 일은 결코, 절대로 있어서는 안 돼. 네가 딱 필요한 말을 해 주었다. 드디어 네 운명이 결정됐어. 내가 살아 있는 한, 네가 자유로워질 날은 오지 않을 것이다."

"오라버니에게 날 가둬 둘 힘이 있을 때까지만이겠지. 언젠가 나는 분명히 자유로워질 거야. 그때가 되면 떠나는 나를 막을 수 없을걸." 마녀는 반박했습니다.

마녀가 뜻을 굽히지 않자, 분노한 마법사가 손목을 틀어쥐었

습니다. 그는 음침하고 위협적으로 그녀를 내려다봤지요. 날카로운 마법사의 명령을 들은 악마들은 즉시 등불을 가지고 철수했습니다. 짙은 어둠이 도래하고, 마녀도 마법사도 침묵을 고수했습니다. 마녀는 곧 처음 감옥에 갇힌 날 겪은 기이한 마법의 흐름을 느꼈습니다. 마법사에게 붙잡힌 손에서 시작된 마법이었지요. 몸에서 기운이 점차 빠지더니 이전처럼 무기력해졌습니다.

이내 마법사마저 감옥을 떠나고 벽은 굳게 닫혔습니다. 마녀는 목 놓아 울었습니다. 빛의 왕자나 그가 쓰던 찬란한 마법을 더 이상 볼 수 없어서는 아니었습니다. 바람이 결코 이루어질 리 없다고 외치는 마음속 두려움 때문이었지요.

그러나, 마녀가 눈물을 떨구는 동안에도 왕자는 점점 더 가까워지고 있었습니다. 서둘러 불의 땅을 빠져나와 모험을 시작한 그의 목표는 단 하나였지요. 마녀를 구출하는 영광을 누리는 것 말입니다.

제6장

마법사가 한 말 중에서 진실은 딱 하나였습니다. 검디검은 그림자는 진실로 충직과는 거리가 먼 하인이거든요. 그녀는 동료들 위에 군림하는 대담한 계획을 세우기 훨씬 전부터 권력을 갈망했더랍니다. 숨죽인 채로 호시탐탐 기회를 노리며 안전하게 반란을 일으킬 수 있는 시기만 엿봤지요. 그리고 그림자 마녀가 오랫동안 자리를 비우자, 꿈에 그리던 절호의 기회가 찾아왔다고 여겼습니다. 확신할 수 있을 때까진 기쁨을 억눌러야 했지만요.

주인의 부재에 놀란 동료들은 마녀의 행방을 백방으로 수소문했더랍니다.

그러나 성과가 없어 결국 수색을 포기했지요. 그 와중에 그들은 일렁이는 그림자 역시 사라졌다는 걸 눈치챘지만, 무슨 연유로 자리를 비웠는지는 알 수 없었습니다. 모두가 정원의 돌출된 나무에 앉아 희소식을 목이 빠지게 기다렸습니다. 애절한 침묵이 정원을 가득 채웠지요.

한편, 행동을 개시한 검디검은 그림자는 어떻게 하면 그토록 원했던 힘을 거머쥘 수 있을지 끊임없이 고민했습니다. 최소한 권력의 일부라도 얻기를 바랐지요.

마침 고향으로 돌아오던 일렁이는 그림자가 그 모습을 목격했

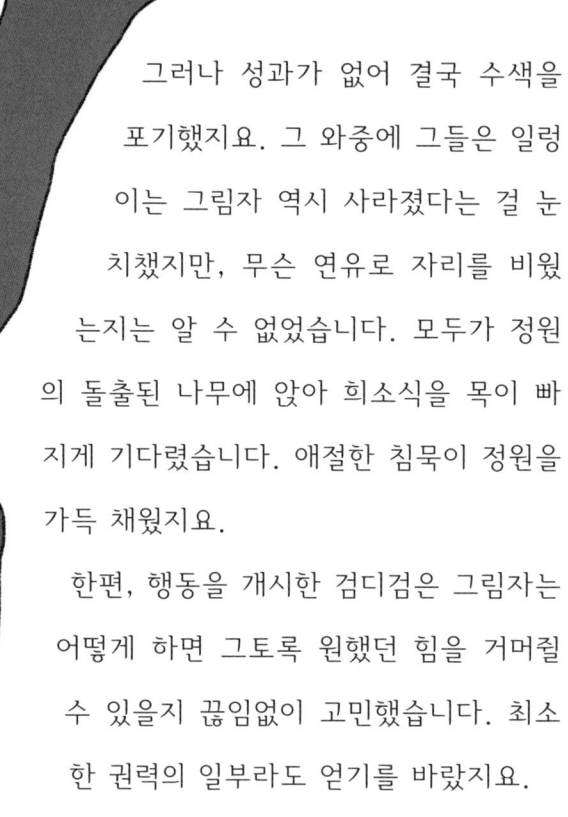

습니다. 혼자서 어두운 골목 사이를 슬금슬금 걷고 있는 검디검은 그림자를 말이지요. 하지만, 고통스러운 생각을 하는 것처럼 머리를 가슴까지 숙이고 있었기 때문에 표정은 보이지 않았습니다.

"사랑하는 주인님의 부재에 슬퍼하고 있나 보네. 마녀님이 곧 구출된다는 소식을 들으면 얼마나 좋아할까?" 충직한 하인은 혼잣말로 중얼거렸습니다. 그러고는 위로할 심산으로 외쳤지요.

"검디검은 그림자! 아, 우리 검디검은 그림자! 내가 좋은 소식을 가져왔어!"

소리를 들은 검디검은 그림자가 고개를 들었습니다. 아무 감정도 없던 얼굴에 깊은 슬픔을 덧씌운 그녀는 희망을 품은 듯한 표정으로 외쳤습니다.

"좋은 소식이라고? 아, 제발 그게 우리 주인님에 대한 거면

"좋겠다! 빨리 말해 줘! 이렇게 오랫동안 마녀님을 못 보다니, 어쩜 이렇게 비통하고 슬픈 일이 다 있겠어!"

검디검은 그림자가 너무 열정적으로 외친 데다가 목소리 또한 진심처럼 들렸기 때문에, 일렁이는 그림자는 아무 의심도 하지 않았습니다. 속고 있다는 것도 모르고 마법사의 동굴을 방문한 사실과 그 후에 일어난 일을 재빨리 설명했지요.

검디검은 그림자는 말 한마디 한마디에 귀를 기울이며 기뻐하는 척했습니다.

"왕자가 국경 지대의 요정에게 받은 선물이 뭔데?" 이윽고 일렁이는 그림자가 말을 멈추자, 검디검은 그림자가 호기심 어린 어조로 질문했습니다.

"물어보진 않았어. 내 임무는 왕자를 요정의 집 앞으로 데려가는 것까지였으니까." 일렁이는 그림자는 대답했습니다.

검디검은 그림자는 화가 나서 입술을 깨물었습니다. 불잉걸 왕자가 요정을 찾아간 줄도 몰랐거든요. 만약 그 일을 미리 알았다면, 자신의 원대한 계획에 큰 도움이 됐을 테지요. 그녀는 이번엔 왕자에 관해 캐물었습니다. 일렁이는 그림자는 별생각 없이 아는 것을 아낌없이 말해 주었습니다.

이윽고, 빼낼 만한 정보는 모두 얻었다고 생각한 검디검은 그림자가 일렁이는 그림자의 팔에 손을 얹으며 말했습니다.

"이리로 와. 다른 동료들에게도 알려 줘야 해. 다들 우리 못지않게 사랑하는 주인님의 부재를 슬퍼하고 있어."

그것은 일렁이는 그림자가 학수고대하던 일이기도 했습니다. 그녀는 즉시 출발했고 얼마 지나지 않아 동료들을 발견했습니다. 모든 그림자는 여전히 나무 아래에 앉아 작은 목소리로 슬픈 이야기를 하는 중이었지요.

두 그림자가 다가오는 것을 본 그들은 재빨리 일어나 달음박질쳤습니다. 사소한 것이라도 마녀의 소식을 들을 수 있기를 기대하면서요.

짧은 기다림도 참지 못한 일렁이는 그림자는 외쳤습니다.

"좋은 소식이야! 아주 좋은 소식! 곧 주인님께서 돌아오실

거라고!"

 이토록 기쁜 소식이 또 어디 있을까요. 그림자들은 모두 기쁨의 함성을 지르며 서둘러 그녀에게 다가갔습니다. 그들은 흥분에 차 일렁이는 그림자에게 질문을 쏟아 냈습니다. 기회를 포착한 검디검은 그림자는 그 틈을 타 조용히 빠져나왔지요. 그러고는 나무 사이로 사라져 누구의 눈에도 띄지 않고 정원을 빠져나갔습니다.

 검디검은 그림자는 전속력으로 가파른 절벽을 타고 올랐습니다. 어둠의 동굴로 곧장 이어지는 지름길이었지요. 입구까지 한시도 쉬지 않고 절벽을 오른 그녀는 망설임 없이 동굴로 들어섰습니다. 마법사가 배치한 악마들이 삼엄하게 입구를 지키고 있었지만, 그들 중 누구도 그녀를 막아서지 않았습니다. 악마들이 막아 세우는 것은 마녀에게 도움을 주려는 침입자뿐이었거든요.

그들은 검디검은 그림자가 누군지, 무슨 일을 하는지 이미 잘 알고 있었습니다. 주인이 항상 그녀가 하는 일을 반긴다는 것도 알았지요.

한 악마가 달려와 즉시 길을 밝혔습니다. 그녀는 깜빡이는 등불을 따라 복도를 걸었습니다. 그리고 마침내 동굴 홀에 다다랐습니다.

마법사는 몹시 열중하고 있었습니다. 안락의자에 앉은 그는 바로 앞 탁자 위에 놓인 흑단 함을 들여다보는 중이었지요. 세상에서 가장 사악한 마법을 쓰는 데 사용하는 지팡이가 가득 담긴 함이었습니다. 그는 지팡이를 하나씩 집어 들고 조심스레 그 위에 손가락을 댔습니다. 그렇게 지팡이의 위력을 시험해 보다가 모든 것이 완전무결하다는 결론을 내렸지요. 그러고는 각각을 검은 천으로 싸서 흑단 함에 되돌려 놓았습니다.

그동안 악마들은 호기심으로 날카롭게 반짝이는 눈을 하고는 멀리서 마법사를 지켜보았습니다. 그들은 지팡이에 접근할 수 없었거든요. 보물 창고에 보관된 함을 조심스럽게 옮길 때 외에는 지팡이 근처에도 갈 수 없었답니다. 그래서 마법사가 한자리에 앉아 공개적으로 지팡이를 다룰 때면, 으레 악마의 호기심 어린 시선이 뒤따르곤 했지요.

그때, 검디검은 그림자가 다가오는 것을 눈치챈 마법사가 남은 지팡이를 한꺼번에 쓸어 단숨에 함에 넣어 버렸습니다. 뚜껑을 닫고 망토에서 작고 비틀린 열쇠를 꺼내 함을 잠갔지요. 그는 그러고 나서야 비로소 방문객에게 말을 붙였습니다.

"이번엔 또 무슨 일로 왔지, 검디검은 그림자?" 그가 의자에 편히 등을 기대며 귀를 기울였습니다.

"기이한 소식을 가져왔어요." 검디검은 그림자는 마법사가 손짓한 앞자리에 앉으며 대답했습니다.

"불의 땅에서 돌아온 일렁이는 그림자가 전해 준 소식이지요. 당신에게서 마녀를 구해 내기 위해 왕자가 오고 있대요."

"왕자라고 했느냐?" 마법사가 깜짝 놀라 몸을 앞으로 기울였습니다.

"그래도…." 검디검은 그림자는 대답하려 했습니다. 하지만 불꽃 검을 떠올리며 괴로움에 사로잡힌 마법사가 격렬하게 말을 끊었습니다.

"설마 또 빛의 왕자가 온다더냐?"

"아녜요." 그녀는 재빨리 대꾸했습니다.

"그림자의 땅을 한 번도 밟아 보지 못한 왕자라는데요. 이곳에 무슨 위험이 도사리는지도 모르는 이방인이 분명해요. 그런데 어떤 방어 무기를 가졌는지, 무슨 마법을 쓸지 모르겠어요. 지금은 국경 지대 요정의 집에 있어요. 우리에게 대항할 만한 물건이나 조언을 얻기 위해 방문한 거겠죠. 믿거나 말거나, 요정과 무슨 거래를 했는지는 일렁이는 그림자도 모른다더라고요."

"이 몸은 국경 지대의 요정처럼 작고 평화로운 놈들은 두렵지 않다." 마법사가 경멸적으로 웃었습니다.

"그놈들이 얼마나 가치 있는 물건을 줬는지는 모르지만, 어차피 무용지물일 게 뻔해. 입구의 경비병을 두 배로 늘리라고 명령할 것이다. 제아무리 왕자라도 쉽게 통과할 순 없을 테지."

"자만하지 않는 게 좋겠어요." 검디검은 그림자는 경고했습니다.

"그 불의 요정이 무슨 마법을 쓸지는 모르는 거니까요. 왕자가 경비병의 눈에 띄지 않게 입구를 통과하는 마법을 쓰면 어떡하려고요? 결국 그는 당신의 여동생을 찾아내고는 함께 동굴에서 탈출하겠지요. 설마 그 꼴을 그냥 두고 볼 건 아니지요?"

마법사는 잠시 생각에 잠겼습니다. 그는 동굴의 경계 밖에서는 힘을 쓸 수 없었거든요.

"그걸 막아 줄 친구들이 있지." 그러나 마법사는 이내 자신 있게 입을 열었습니다.

"잔뜩 꼬인 연기는 언제든 싸울 준비가 되어 있다. 내 말 한마디면 불의 땅에서 온 누구라도 상대하겠지. 잿빛 고블린이 내 동생을 싫어하는 거야 두말할 나위 없지. 열받아 폭발하기 직전까지 놀림을 당했으니 오죽하랴.

굴뚝 바람에게는 구구절절 설명할 필요도 없어. 우리 땅을 침범한 누구라도 가만히 두고 보지 않을 테니까. 검디검은 그림자여, 당장 내 친우들을 찾아가 무모한 왕자의 이야기를 들려 줘라. 내가 도움을 청한다고 전해."

검디검은 그림자는 매우 만족하며 일어났습니다. 마녀가 자유를 되찾지 못하면, 자신이 권력을 휘두를 수 있었거든요.

"기꺼이 당신의 전령이 되겠어요." 그녀가 말했습니다.

뒤이어 돌아선 검디검은 그림자의 등에 악마 무리의 날카로운 시선이 꽂혔습니다. 동굴 홀을 떠난 그녀는 입구의 경비를 지나쳐, 이내 인기척이라고는 느껴지지 않는 들판에 진입했습니다.

그녀는 누군가를 찾아 주변을 두리번댔습니다. 그리고 오래 지나지 않아 거인을 발견했습니다. 잔뜩 꼬인 연기는 절벽 근처의 깊은 틈에서 길쭉한 몸을 우뚝 세우고는 길을 막고 있었습니다.

"어딜 그렇게 가시나, 검디검은 그림자? 똑바로 대답하기 전까지는 아무 데도 못 갈 줄 알라고." 그가 거만하게 말했습니다.

"굳이 그럴 필요 없어. 내 용건은 널 보는 거였으니까." 그녀는 대꾸했습니다.

"무슨 꿍꿍이야?" 무례한 질문이 돌아왔습니다. 그는 애초에 마녀의 친구가 아니었고, 그녀의 하인과 친하게 지낼 생각도 없었거든요.

"동굴 마법사의 전언이야. 그는 네 도움을 원해. 마녀가 요정 왕자를 돕는 끔찍한 일을 저질렀거든. 그래서 마법사가 동생을 가둬 놓았어. 상황이 이러니, 우리 땅의 힘깨나 쓰는 이들이 마녀를 도울 리가 있겠어? 결국 일렁이는 그림자는 빛의 땅으로 건너가 버렸어. 빛의 왕자에게 도움을 구걸하려고 말이야."

빛의 왕자를 끔찍이 미워하는 잔뜩 꼬인 연기는 그 이름이 나오자 분노하며 격렬하게 몸을 비틀었습니다.

"감히 내 땅에 발을 들일 생각을 해? 그런 짓을 한다면 기필코 가만두지 않겠어! 이전처럼 쉽게 피할 수 있다고 생각한다면 큰 오산이라고." 그는 쉰 목소리로 소리쳤지요.

"이번엔 빛의 왕자가 아니라 다른 요정이 온대. 일렁이는 그림자가 그게 누군지 말해 줬어. 마녀를 자유롭게 만들 운명을 타고났다고 하더라. 국경 지대 요정의 집에 불잉걸이라는 왕자가 있대. 틀림없이 요정이 마녀를 구하는 데 필요한 물건을 주겠지. 그 덕분에 무소불위의 힘을 행사할 거라던데? 누구도 그를 막을 수 없을 거래."

검디검은 그림자의 말에 잔뜩 꼬인 연기는 큰 소리로 경멸하듯이 웃고는 소리쳤습니다.

"나와 내 마법에 대항할 만한 물건을 그깟 요정이 가지고 있다고? 우스운 얘기를 하는군, 검디검은 그림자. 재미없는 농담은 잿빛 고블린한테나 해. 이 몸에게 그딴 농담은 안 통한다고."

"들은 대로 말하는 것뿐이야, 사실인지는 모르겠지만. 어쨌든 용건은 이거야. 마법사는 네 협조를 원해. 언제라도 그 왕자를 본다면 맞서 싸우기로 약속할 수 있겠어?" 검디검은 그림자가 대꾸했습니다.

잔뜩 꼬인 연기는 또 한 번 크게 웃음을 터트렸습니다. 그러자 눈에 띄게 거대한 그의 몸이 이리저리 요동쳤지요.

"그건 딱히 약속할 필요도 없겠는걸. 내가 불의 땅에서 온 불청객을 증오한다는 건 너도 알지 않나? 언제나 그놈들을 괴롭힐 기회가 있기만을 바라는걸? 마법사에게 돌아가. 가서 내가 확실히 왕자를 붙잡아 놓을 거라고 전해. 세상에서 가장 뛰어난 마법사인 이 잔뜩 꼬인 연기 님이 말하는데, 그놈은 뼈도 못 추릴 거야."

말을 마친 그는 다시 잿빛 평원 틈새에 자리를 잡았습니다. 평원 전체를 볼 수 있는 곳이자, 누구의 눈에 띄지도 않는 장소였지요. 그건 곧 아무도 그에게 접근할 수 없다는 의미이기도 했습니다.

왕자 감시단의 강력한 동맹을 확인한 검디검은 그림자는 즉시 떠났습니다. 이번엔 잿빛 고블린을 찾아가야 했지요. 고블린은 평원의 화산재 더미와 일정 거리를 두고 늘어선 낮은 오두막집에 살고 있었습니다.

날카로운 노크 소리를 들은 잿빛 고블린은 깜짝 놀랐습니다. 늘 무시당하는 탓에 방문객이 거의 없었거든요. 그는 우중충한 바닥을 기다시피 해 문 앞으로 다가갔습니다. 그리고 열쇠 구멍에 불룩한 눈을 가져다 대고는 손님을 확인했습니다. 검디검은 그림자를 본 눈이 더욱 커졌습니다. 그녀는 한 번도 그를 찾아온 적이 없었거든요. 어쨌든 그림자를 두려워할 이유가 없었기 때문에 그는 즉시 문을 열었습니다.

검디검은 그림자는 들어오라는 말도 기다리지 않고 난입해 의자에 앉았습니다. 재빨리 문을 닫은 잿빛 고블린이 교활한 생각으로 가득한 머리를 그녀 쪽으로 돌렸습니다. 용건을 묻자, 자초지종을 들을 수 있었습니다.

"그거 잘됐네." 잿빛 고블린은 장담했습니다.

"그동안 네 뻔뻔스러운 주인한테 복수하고 싶었는데 말이야. 그 마녀는 자주 나를 조롱했어. 날 본떠 만든 속임수 그림자로 말이야. 심지어 그림자가 코앞에서 실룩대며 춤추기까지 했다고. 속임수 그림자를 만든 데 화나는 게 아니라 일부러 그걸 비틀고 꼬며 흉하게 만들었다는 게 화나. 순전히 장난, 그러니까 자기만족으로 한 일이라고."

고블린의 눈은 악의로 번들댔습니다. 그가 기꺼이 도와줄 것을 확신한 검디검은 그림자는 매우 기뻐했습니다.

"그럼, 믿고 맡길게. 말했듯이 왕자는 지금 요정의 집에 있을 거야. 똑똑한 고블린이라면 그 근

처에 잠복하지 않을까? 왕자가 안전한 곳에서 나오자마자 공격할 기회를 얻을 테니까 말이야."

잿빛 고블린이 쏘아붙였습니다.

"마법사한테 두려워할 필요가 없다고 전하기나 해. 그의 여동생한테 복수할 수 있는 이 좋은 기회를 놓칠 수야 없지."

두 번째 아군을 얻은 검디검은 그림자는 작별 인사 후 이번에는 굴뚝 바람에게로 향했습니다.

바람이 거주하는 굴뚝 입구는 매우 넓어서 거인이 드나들 수

있을 정도였습니다. 그러나 아가리를 쩍 벌린 입구는 어둡고 위험했으며, 바람이 원하지 않으면 누구도 통과할 수 없었습니다.

그는 기뻐서 웃을 때의 목소리가 아주 컸습니다. 하지만 분노에 차 울부짖을 때에 비하면 아무것도 아니었습니다. 소리가 1천 배는 더 커졌거든요. 굴뚝의 꼭대기에서부터 저 너머의 땅으로 사방을 휩쓸며 돌진하거나 휘파람 같은 소리를 내며 비명을 지를 때면, 원하든 원치 않든 그의 앞에 있는 모든 것을 몰고 다니곤 했지요.

오늘 바람은 가장 좋아하는 자리인 거대하고 거친 벤치에 앉아 쉬고 있었습니다. 검디검은 그림자는 굴뚝 입구를 어슬렁대는 산들바람에게 바람이 안에 있는지 물었습니다. 그리고 즉시 문을 열어 달라고 요청했지요. 이렇게 떠들썩한 무리에게 부탁이란

걸 해 본 적이 없었지만 상황이 시급했거든요. 그녀는 다소 불안을 느끼며 안으로 들어갔습니다. 거칠고 울퉁불퉁한 길을 따라 올라가자, 곧 바람이 앉아 있는 거대한 틈새에 도착했습니다. 굴뚝 벽에 몸을 기댄 그는 자신만 들을 수 있는 노래를 흥얼거리는 중이었습니다.

검디검은 그림자가 그의 앞에 서기 무섭게, 바람은 강한 팔을 뻗어 그녀를 멀지 않은 자리에 밀어 넣었습니다. 정중한 인사는커녕 무례하기 짝이 없는 행동이었지요.

"원하는 게 뭐지? 용건만 간단히 말해."

그가 물었으나 검디검은 그림자는 침묵했습니다. 그녀는 어떻게 하면 마법사의 전언을 호의적으로 전달할 수 있을지 고민하는 중이었지요. 바람은 조바심을 내며 으르렁거렸습니다.

어쨌든 바람이 명령한 이상 입을 다물고 있을 수는 없었습니다. 그녀는 숨김없이 모든 사정을 설명했습니다.

바람은 기뻐 날뛰었습니다.

"호, 호!" 그가 울부짖자 둥근 뺨이 터질 것같이 부풀어 올랐습니다.

"그 대담한 왕자가 요정의 집에서 나와서 본격적인 모험을 떠날 때면 함께 멋진 경기를 치를 수 있겠군! 어딜 가든 내게서 벗어나 안전해질 수는 없을 테지. 이 몸, 굴뚝 바람을 막을 자가 어디 있겠는가! 바람을 막거나 붙잡을 수 있는 자는 존재하지 않지. 불잉걸 왕자는 내게 대항할 수 있는 마법 능력조차 없어. 요정이 뭘 할 수 있는지는 몰라도, 같잖지도 않군."

자신감이 넘치는 그는 굴뚝이 흔들리고 덜거덕거릴 때까지 웃었습니다. 굴뚝 벽에 늘어선 그을음이 뚝뚝 떨어져 방문객의 머리와 어깨 위로 두껍게 쌓였습니다.

주인의 요란한 웃음소리를 들은 산들바람이 호기심에 찬 얼굴을 빼꼼 내밀었습니다. 하지만 바람이 눈살을 찌푸리며 좌우

로 세게 후려쳐 말 한마디 하지 못하고 재빨리 뛰쳐나가야 했지요.

바람은 검디검은 그림자를 향해 몸을 돌리고 무뚝뚝하게 명령했습니다.

"마법사에게 돌아가서 전해라. 불청객, 그러니까 왕자가 마녀를 풀어 주려거든, 굴뚝을 폐허로 만든 뒤 이 몸을 산들바람 수준으로 약하게 만들어야 할 거라고 말이다."

뒤이어, 망토를 펄럭이며 덥수룩한 머리를 흔든 그가 큰 소리로 휘파람을 불었습니다.

"나는 바람이다. 굴뚝 바람! 흥, 흥! 호, 호! 흥, 흥!"

자부심이 듬뿍 담긴 휘파람 소리와 목쉰 환희의 메아리에 쫓기듯 굴뚝을 빠져나온 검디검은 그림자는 서둘러 마법사의 동굴로 돌아가 임무의 성공을 알렸습니다.

제7장

막일렁이는 그림자와 작별 인사를 나눈 불잉걸 왕자는 곧바로 요정의 집에 들어갔습니다. 벽은 재로 뒤덮인 회색에, 바닥은 지나칠 정도로 두꺼워서 발소리 하나 나지 않는 집이었지요. 마치 세상에서 가장 부드러운 땅을 밟는 느낌이었습니다.

방 한가운데에 서 있던 요정이 통통한 손을 내밀었습니다.

"마녀 구출 작전에 합류한 것을 환영합니다, 왕자님." 그는 진심으로 말했습니다.

"일렁이는 그림자가 약속한 대로 노크해 주었군요. 자, 그래서 어떻게 도와주면 될까요?"

왕자는 요정의 손을 맞잡으며 대답했습니다.

"나는 마녀를 구하러 가는 길입니다. 현자께서 내게 조언하시길, 적들로부터 몸을 숨길 수 있는 신묘한 재의 망토를 구해야 한다더군요. 망토의 제작 비밀을 알고 있는 건 회색 요정뿐이며, 기꺼이 날 도울 거라고 하셨습니다."

"현자의 말씀이 옳습니다. 그분이라면 이 특별한 망토를 짜기 위해서 시간이 걸린다는 것 역시 알려 주셨겠지요. 당신만의 망토를 제작하는 동안 기다려야 합니다."

"네, 짐작하신 대로입니다. 하지만 부디 빨리 끝내 주세요. 시간이 지체될수록 마녀는 고초를 겪을 테니까요. 그녀의 오라비가 무슨 짓을 할지 모릅니다."

"한순간도 허비하지 않겠습니다." 요정이 장담했습니다.

그는 왕자의 손을 잡은 채로 방 끄트머리의 좁은 문으로 이

동했습니다. 뒤이어 요정이 문을 열자 왕자는 그 너머에서 이리저리 뛰어다니는 수많은 요정을 볼 수 있었습니다. 신묘한 마법으로 망토를 제작할 요정들이었지요. 그들의 대장이 왕자와 함께 들어왔을 때, 이미 모든 준비가 끝난 채였답니다.

"망토 제작 요정은 어디에 있지?" 요정이 물었습니다.

그에 즉시 나이가 많은 요정 한 명이 앞으로 나오며 대답했습니다.

"무엇이든 시켜 주세요, 대장."

"재의 망토가 필요해. 네 직조 기술을 한껏 발휘했으면 한다. 왕자가 적에게 대항할 수 있도록 말이야. 많은 게 망토 하나에 달렸어." 국경 지대 요정이 설명했습니다.

"왕자가 실패할 일은 없을 겁니다."

자신 있게 대답한 제작 요정은 예리한 눈으로 왕자를 머리부터 발끝까지 관찰했습니다. 다른 준비는 필요하지 않았지요. 그는 벽 바로 옆에 어슴푸레하게 보이는 베틀로 몸을 돌려 요정 날실을 넓게 펼쳤습니다. 주변의 요정들이 소리 없이 서둘러 마법의 재로 날실을 채워 주었습니다.

제작 요정은 신비한 길쌈 노래를 부르며 능숙하게 옷감을 짰습니다. 노랫말에 담긴 마법이 망토의 모든 부분에 스며들며 신비로운 힘을 더했지요. 망토를 만들 때 옆에 있던 착용자는, 분명 노래를 들었음에도 옷이 어깨에 닿기 무섭게 보고 들은 것을 잊곤 했습니다. 덕분에 고대 제작 요정의 비밀은 여전히 국경 지대의 요정들만 알고 있었지요.

노련한 직공의 손 아래에서 재의 망토는 꾸준히 길이를 더해 갔습니다. 왕자는 이곳저곳을 오가는 마법의 재에서 눈을 떼지 못했습니다. 고대의 직공은 결코 쉬는 법이 없었지

요. 그는 계속해서 신비한 노래를 불렀고, 요정들 역시 꾸준히 망토의 재료를 날랐습니다.

마침내 제작 요정의 날실이 왕복을 멈추었습니다. 신비한 노래는 이미 멎었고, 요정들은 미동도 없이 서 있었지요. 이내 왕자를 향해 몸을 돌린 제작 요정이 말했습니다.

"망토가 완성되었습니다."

몸을 굽힌 대장 요정이 부드러운 은빛으로 반짝이는 망토를 베틀에서 들어 올렸습니다. 의욕에 찬 불잉걸 왕자는 즉시 망토 쪽으로 손을 뻗었습니다.

"내 말을 명심하십시오." 요정은 망토를 전하며 훈계했습니다.

"마법사의 주문이 힘을 발휘할 수 있는 곳은

그의 거처인 어둠의 동굴뿐입니다. 그곳에 은신처와 마법의 무기까지 있으니, 마법사는 결코 동굴을 떠나는 법이 없지요. 그러나 동굴 밖에도 적은 존재합니다. 마법사의 강력하고 사악한 친우들 말입니다. 그들은 마법사를 돕기 위해 기꺼이 당신과 맞서 싸울 겁니다. 모든 위험에서 당신을 지킬 수 있는 건 오로지 이 망토뿐이라는 걸 기억하세요."

그는 잠시 말을 멈추고 다시금 진지하게 운을 뗐습니다.

"그들이 당신을 보지 못하더라도 항상 경계하십시오. 어떤 덫을 놓을지, 무슨 올가미를 쳤을지 아무도 모르니까요. 특히 잿빛 고블린을 조심하세요. 키는 작지만 교활하기 짝이 없는 놈입니다. 겉모습만 보고 무시했다간 큰코다치지요. 고블린은 마녀를 미워하기 때문에, 기꺼이 마법사를 도울 겁니다. 불의 땅에 사는 요정이라면 일단 앙심을 품고 보니, 호되게 당한 이들 역시 한둘이 아닙니다."

"명심하겠습니다." 왕자는 그에게 약속했습니다.

"잔뜩 꼬인 연기 역시 요주의 인물입니다. 동굴로 가기 위해서는 반드시 거쳐야 하는 길목에 그가 살지요. 근방의 모든 존재를 통틀어 그보다 사악하고 무서운 존재가 없습니다. 그는 이곳저곳을 돌아다니기 좋아하는데, 그러다가 빛의 왕자와 부딪칠 일이 있었나 봅니다. 불꽃 검에 혼쭐이 난 뒤로는 불의 땅에서 건너온 요정이라면 모조리 가만 두지 않겠다고 선언했지요."

왕자는 조언을 새기겠다고 확답

했습니다.

요정은 더 가까이 다가가 왕자의 팔에 손을 얹었습니다. 그러고는 엄숙하게 경고했지요.

"조심, 또 조심해야 합니다. 굴뚝 바람 역시 마찬가지입니다. 그에게 맞설 때는 망토가 제 기능을 하지 못할지도 모릅니다. 바람의 눈은 변장을 꿰뚫는 데 특화된 데다가, 그의 마법 역시 망토의 주문을 깨트릴 만큼 강하거든요. 방심하다간 망토를 빼앗길 수도 있습니다."

왕자는 또 한 번 약속했습니다. 그리고 귀중한 보물을 준 요정에게 감사의 뜻을 한껏 담아 손을 뻗었습니다.

요정은 그를 제지하며 공치사를 친절하게 거절했습니다.

"감사 인사는 하지 않아도 돼요. 우리 국경 지대의 요정은 고귀한 과업을 도울 수 있어서 기쁩니다. 당신의 성공만큼 값진 보상은 없을 겁니다."

"현자께서 말씀하시길, 저는 결국 성공할 거라더군요." 왕자가 자신 있게 선언했습니다.

"마녀가 비로소 자기 나라에서 자유를 되찾으면, 모험은 성공적으로 끝난 셈이지요. 그 후에도 이 놀라운 망토를 간직하겠습니다. 여러분이 공들여 엮어 준 소중한 보물이니까요."

요정은 웃으며 고개를 저었습니다.

"그렇게 할 수 없을 겁니다. 재의 망토를 국경 지대 밖으로 가져가는 것은 불가능합니다. 어떤 요정이라도요."

"그렇다면 꼭 당신께 안전하게 돌려주겠습니다."

"그럴 필요는 없습니다. 모든 일이 끝나면 망토는 저절로 소멸할 테니까요."

그 말을 끝으로 요정은 신비한 일이 벌어진 어두운 방에서 문 앞까지 왕자를 이끌었습니다. 불잉걸은 그에게 작별 인사를 건

넸습니다.

"당신께 행운이 함께하기를 바랍니다. 여기서 망토를 입고 나가세요." 친절한 요정은 조심스럽게 화답했지요.

왕자는 망토를 어깨에 올리고 단단히 고정했습니다. 부드럽고 섬세한 주름이 몸을 감싸자 그의 모습은 감쪽같이 사라져 버렸습니다.

걸쇠를 들어 올리고, 그는 조용히 문을 열고 국경 지대로 나섰습니다.

제8장

잿빛 고블린은 한껏 우쭐대고 있었습니다. 동굴의 마법사 같은 강력한 존재가 도움을 요청하는 일이 자주 있는 건 아니었거든요. 아니, 사실 이번이 처음이었지요. 비록 그는 작고 약하기까지 했지만, 호시탐탐 나쁜 짓을 할 기회를 엿봤더랍니다. 그리고 드디어 때가 왔습니다. 여태까지 자신을 경멸하고 무시했던 모든 이들에게 사악한 마법의 교활함과 기술을 뽐낼 수 있을 테지요. 누구와 견주어도 절대 뒤지지 않을 실력을 말입니다.

검디검은 그림자가 떠난 직후, 드물게도 그의 가축우리 같은 오두막이 굳게 잠겼습니다. 문단속을 마친 고블린은 서둘러 방을 가로질러 벽의 특정 지점을 눌렀습니다. 그러자 벽이 안쪽으로 미끄러져 들어가더니 작고 투박한 벽장이 드러났습니다. 그 위에는 먼지로 범벅된 책 한 권이 놓여 있었지요. 고블린을 위한 간계의 서였습니다. 책을 꺼내 테이블 위로 옮긴 그는 거친 걸쇠를 풀고 지저분한 페이지를 넘기기 시작했습니다. 그리고 마침내 원하는 주문이 적힌 쪽에 도달했지요. 집게손가락을 한껏 구부린 잿빛 고블린은 글자를 한 자 한 자 짚으며 주문을 읽었습니다. 오래된 글씨들이 마구 번진 데다가 흐릿해서 금세 눈이 침침해졌지만 아랑곳하지 않았습니다. 주문을 외웠다는 확신이 들 때까지 죽 집중하며 글을 읽었지요. 그런 뒤에야 책을 닫고 비밀 장소로 돌려놓았습니다. 그는 재빨리 벽을 원상 복구 하고는 이번엔 주머니와 망토가 든 서랍장으로 다가갔습니다. 그러더니 두 물건을 모두 꺼내고, 빈 주머니를 난로로 가져가 두껍게 쌓인 사악한 재를 가득 채웠습니다. 그 후, 고블린은 주머니를 허리에 두르고 머리부터 발끝까지 망토를 걸친 뒤 오두막을 나섰습니다. 행여 누가 빈집에 침입하기라도 할까 봐 문도 굳게 닫았습니다.

잿빛 고블린의 오두막과 국경 지대 요정의 거주지 사이에는 광활하고 회색 일색인 잿빛 평원이 있습니다. 국경 지대에서는 사악한 마법을 쓸 수 없었지만, 잿빛 고블린은 평원과 국경 지대가 맞닿는 지점을 모두 알았습니다. 요정의 집에서 마법사의 동굴로, 혹은 동굴에서 그림자의 땅으로 이동할 때 반드시 거쳐야 하는 장소도 속속들이 알고 있었지요. 그는 바로 그 지점에 불잉걸 왕자를 골탕 먹일 사악한 올가미를 치려고 했습니다.

대평원을 가로지른 고블린은 서둘러 달려갔습니다. 그 잔상이 몸 색깔과 같은 잿빛이었기 때문에, 그를 아주

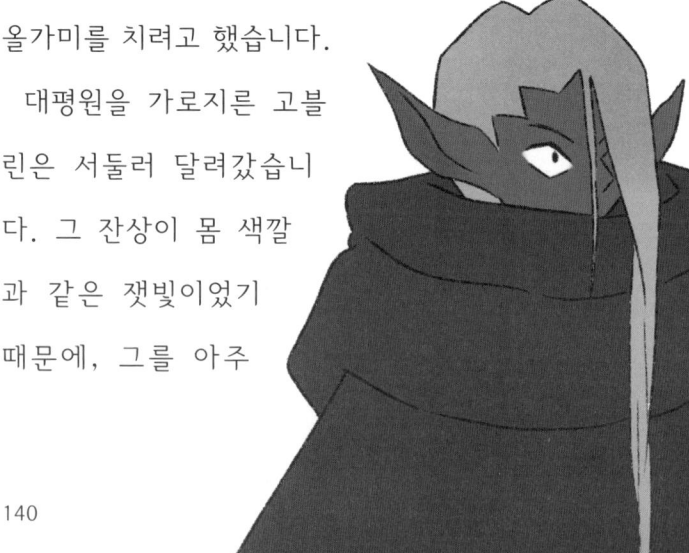

잘 아는 이를 제외하고는 누구도 알아볼 수 없을 정도로 빠른 속도였지요. 곧, 고개를 숙이고 망토의 모자를 이마까지 끌어 내린 고블린이 조심스럽게 얼굴을 들었습니다. 그는 날카로운 눈으로 평원을 탐색하며 왕자의 위치를 가늠했습니다. 그러나 아쉽게도 왕자의 흔적은 어디에도 보이지 않았습니다. 그가 아직 요정의 집에 있다고 생각한 고블린은 만족했습니다. 그리고 반드시 거쳐야 하는 길목에 시선을 고정한 채 빠르게 그곳으로 향했지요.

그런데, 목적지에 다다르기도 전에 요정 집의 문이 천천히 열리는 것이 아니겠어요? 고블린은 제 시간을 맞추지 못한 자신에게 화가 났습니다. 올가미를 치기도 전에 왕자에게 들킬 위험을 감수할 수는 없었기 때문에, 그는 재빨리 잿더미 언덕에서 내려와 근처에 몸을 숨겼습니다. 왕자가 동굴로 가기 전까지 은신해야 했지요. 여유롭게 올가미를 칠 시간은 없었습니다. 그래도, 왕자가 운 좋게 마법사에게서 탈출한다 해도 계획이 실패할 리는 없었습니다. 그가 고향으로 돌아가기 위해서는 반드시 이 길을 지나야 했으니까요.

다음 순간 고블린은 깜짝 놀랐습니다. 문이 활짝 열렸다가 닫혔는데 누구도 드나든 이가 없었거든요. 바로 작전을 개시하기 두려워진 그는 꼼짝도 하지 않고 상황을 조금 더 지켜봤습니다. 그러다 문이 여전히 닫힌 채로 미동이 없자, 그제야 은신처에서 나와 올가미를 치기 시작했습니다. 그의 두 눈만은 숨어서 엿보던 때와 똑같았습니다. 계속해서 요정의 집을 흘끔대느라 바빴지요.

사실은 이랬습니다. 문이 열렸을 때 왕자가 요정의 집을 떠나 마법사의 동굴로 출발한 것입니다. 당연히 재의 망토를 두른 채였지요. 고블린이 너무 은신을 잘했기 때문에 왕자 역시 그를 보지 못하고 지나쳐 버렸습니다.

그리하여 잿빛 고블린이 바쁘게 올가미를 치는 동안 왕자는 유유히 잿빛 평원을 가로질렀더랍니다. 일렁이는 그림자가 가리켰던 검은 절벽을 향해서요. 멀리서 봐도 험준하기만 한 절벽이지만, 대담한 정신을 가진 불잉걸 왕자는 눈 하나 깜빡하지 않았습니다. 그를 기다리고 있을 미지의 위험도 겁나지 않았습니다. 그는 넓게 뻗은 잿더미를 지나고 크고 작은 회색 언덕을 넘어 얕은 골짜기를 통과했습니다.

  왕자는 그동안에도 끊임없이 요정의 경고를 떠올렸습니다. 요정이 말해 준 어떤 적이 공격하든 싸울 준비가 되어 있었지요. 그러나 평원에는 오직 깊은 침묵만 흘렀습니다. 심지어 앞도 제대로 보이지 않았기 때문에, 누가 공격한다 한들 확인할 방법도 없었습니다. 이토록 공허하고 외로운 땅이 있다니요! 세상에 이런 곳이 있을 거라고는 꿈에도 생각하지 못했습니다.

  이윽고 절벽 기슭에 도착한 왕자는 동굴로 이어지는 가파른 길을 오르기 시작했습니다. 끊임없이 사방을 경계하며 위로 향했지요. 하지만 여전히 아무것도 보고 들을 수 없었습니다. 깊고 어두운 균열이 여기저기 아가리를 쩍 벌리고 있을 뿐이었습니다. 그러나 왕자가 발을 디디는 곳은 모두 의심할 여지 없이 안전한 땅이었답니다.

잔뜩 꼬인 연기는 바로 그 균열에 숨어 있었습니다. 그는 신경을 곤두세운 채 회색빛 허공을 노려보았습니다. 검디검은 그림자가 말한 새빨간 불청객을 가장 먼저 확인하기 위해서였지요. 그러나 왕자가 바로 그의 눈 아래를 지나갔음에도 그는 아무것도 눈치채지 못했습니다.

마침내 왕자가 마법사의 동굴에 도착했습니다. 평원에서도 한껏 두드러지던 우뚝 선 동굴이 눈앞에 드러났지요. 어두운 내부로 진입하며 주변을 경계한 것이 무색하게, 적은 코빼기도 보이지 않았습니다.

그는 재빨리 재의 망토를 벗었습

니다. 그러자 그것은 손에 쏙 들어오는 크기의 스카프로 변했습니다. 요정의 손이 닿은 모든 옷이 그렇듯이 말이지요. 왕자는 안전한 보관 장소인 허리띠에 망토를 밀어 넣었습니다.

 만약 그 순간 절벽의 어두운 균열에 숨은 잔뜩 꼬인 연기가 몸을 조금만 기울였더라면, 왕자의 위치는 발각되고도 남았을 터였지요. 그러나 연기는 눈에 띄지 않게 몸을 낮게 웅크리고 있었기 때문에, 코앞도 볼 수 없었습니다. 거대한 팔이 닿을 만한 거리에 왕자가 있는데도 말입니다.

 왕자는 재의 망토가 내주는 보호에 힘입어 안전히 어둠의 동굴에 발을 들였습니다. 요정의 선물이 얼마나 큰 활약을 했는지 모르는 채로요.

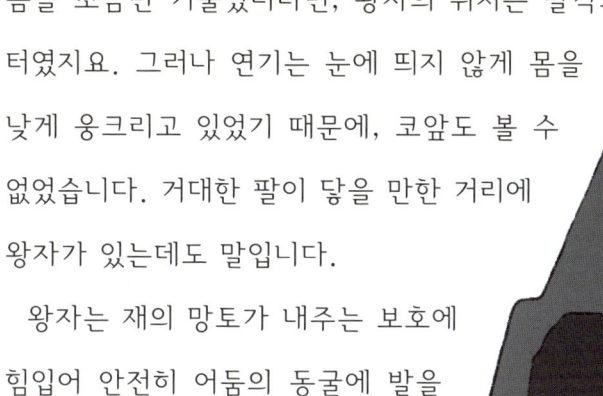

제 9 장

가까이에 어둠의 동굴 입구를 지키는 악마 무리가 앉아 있었습니다. 그들은 교묘하게 은신 중이었기 때문에, 누구든 자세히 보지 않으면 그냥 지나치기 일쑤였지요. 마법사는 낯선 왕자가 곧 모습을 드

러낼 거라며 명령을 내렸습니다. 한시도 눈을 떼지 말고 평원을 관찰하라는 엄명을요. 입구를 지키다가 동굴에 침입하려는 왕자를 발견하면, 즉시 포박해 주인에게 데려가야 했습니다.

악마들은 오랫동안 보초를 선 탓에 너무 지치고 피곤해 절로 하품을 했습니다. 하지만 왕자를 놓치면 마법사가 엄벌을 내릴 것이 뻔했기 때문에 감히 경계심을 늦추지 못했지요.

마침내, 견디지 못한 한 악마가 몸을 쭉 뻗으며 일어섰습니다. 비좁은 곳에 욱여넣었던 그의 사지는 뻣뻣하기 짝이 없었지요.

"나는 평원을 정찰할래. 금방 돌아올게." 그가 말했습니다.

동료들은 무심하게 고개를 끄덕였습니다. 악마는 출구를 향해 천천히 걷기 시작했습니다. 그러다 어느 순간, 그는 깜짝 놀라서 멈춰 섰습니다. 대단한 광채를 뿜내는 누군가가 동굴 앞에 있었거든요. 기다리고 기다리던 왕자가 틀림없었습니다. 그러나 왕자는 무언가 하기도 전에 감쪽같이 사라져 버리고 말았습니다.

악마는 서둘러 동료들에게 돌아가 쉰 목소리로 속삭였습니다.

"그 왕자가 여기 왔어! 동굴 입구에서 그를 봤다고! 바로 사라져 버렸지만 확실해. 왕자가 지척에 있어."

악마들은 곧바로 일어나 왕자를 맞을 준비를 했습니다. 왕자를 묶을 어둠의 밧줄을 단단히 움켜쥐었죠. 하지만 아무리 기다려도 왕자는 코빼기도 보이지 않았습니다. 입구를 수색하기도 했지만 헛수고였습니다.

악마 무리는 처음 소식을 전달한 악마를 비웃기 시작했습니다.

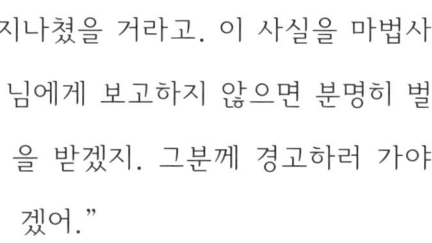

"오랫동안 감시만 하느라 눈이 맛이 가기라도 했나 보지? 아무리 심심해도 거짓말까지 할 건 없잖아. 장난치려거든 딴 데 가서 해."

"아냐, 분명히 그 요정을 봤다니까?" 악마는 주장했습니다. "의심할 것도 없이 왕자에게 자신을 투명하게 만드는 능력이 있는 게 분명해. 지금도 눈에 띄지 않고 우리를 지나쳤을 거라고. 이 사실을 마법사님에게 보고하지 않으면 분명히 벌을 받겠지. 그분께 경고하러 가야겠어."

그러자 다른 악마들이 어깨를 으쓱하며 말했습니다.

"원한다면 그렇게 해. 하지만 왕자가 근처 은신처에 숨어서 기회를 엿보는 것도 가능하잖아?

널 보고는 은신처로 기어들어 간 거지. 어쨌든 우리는 여태까지 그랬던 것처럼 꼼꼼히 입구를 감시할 거야. 그러면 왕자도 언젠가 모습을 드러낼 거고, 결국 그를 잡을 수 있겠지. 또 네 말대로 왕자가 자기 몸을 감출 능력이 있다고 치자. 그래서 그가 우리 몰래 이곳을 통과한 거라면, 그게 우리 잘못이겠어?"

한편, 왕자는 그들 곁에서 모든 대화를 듣고 있었습니다. 악마가 의심했던 대로였지요. 어둠의 동굴로 들어온 왕자는 즉시 마법으로 몸을 투명하게 만들었습니다. 그리고 잠시 멈췄을 때, 우연히 감시자들의 이야기를 듣게 되었지요. 그는 자신을 봤다는 악마를 따라가기로 했습니다. 악마가 왕자를 마법사에게 직접 안내하는 셈이었죠.

악마는 논쟁을 뒤로하고 등불을 움켜쥔 채 달려갔습니다. 투명 마법으로 몸을 숨긴 왕자가 그의 뒤를 바짝 쫓았습니다. 수없이 많은 음산한 복도가 조용히 양쪽으로 갈라지며 길을 만들었습니다. 본의 아니게 안내자가 된 악마가 없었다면 쉽게 길을 잃고 말았을 테지요. 여행 초반에 겁도 없이 품었던 희망이 뜻밖의 행운이라는 형태로 돌아온 셈입니다.

기대한 것보다 빠르게 말이지요. 그렇게 그는 드디어 거대한 동굴 홀에 도착했습니다. 동굴 홀은 암울한 벽이 사방에 우뚝 솟아 있는 데다가, 그을음 커튼이 허공에서 나부끼고 있었습니다. 바닥엔 숯 조각이 뒤덮여 있었는데, 마치 두꺼운 카펫처럼 보였지요.

　마법사는 광활한 방 정중앙에 홀로 서 있었습니다. 그것만으로도 차고 넘칠 정도로 험악한 인상을 주었지요. 길고 검은 망토가 온몸을 덮고 있고, 얼굴에서 출발한 거무죽죽한 수염은 발까지 이어졌습니다. 동심원을 이루며 그를 둘러싼 검은 항아리 역시 험악한 인상에 일조했습니다. 항아리의 옆면에는

기이한 문구가 새겨져 있었습니다. 오직 그만이 읽을 수 있는 것이었지요. 두꺼운 뚜껑 아래에 갇힌 게 치명적인 안개인지 증기인지 또한 마법사만 알았더랍니다.

  마법사 옆 탁자 위에는 활짝 열린 사악한 지팡이 함이 있었습니다. 마법을 걸기 위해서는 지팡이나 함, 둘 중 하나가 꼭 필요합니다. 그가 지팡이를 꺼내, 고르고 고른 항아리 위로 흔들며 알 수 없는 이상한 언어를 중얼거렸습니다. 그의 눈앞에는 술책의 서가 펼쳐져 있었습니다. 새로운 주문을 시험하려면 예습은 필수였거든요. 막 악마가 동굴 홀에 발을 들인 순간에,

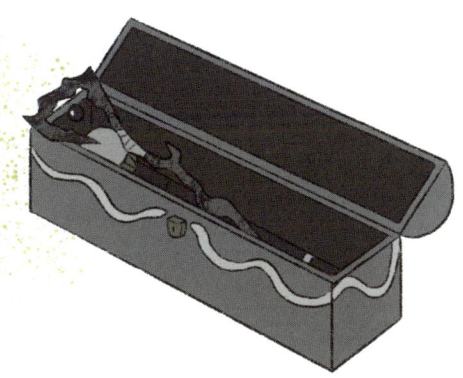

마법사는 지팡이를 손에 든 채 술책의 서 위로 몸을 굽혀 열심히 책을 읽고 있었지요.

악마는 입구에서 일어난 일을 알리고 싶어 발을 동동 굴렀습니다. 하지만 차마 마법의 고리 안에 발을 들일 엄두를 내지는 못했지요. 결국 그는 제자리에 무릎을 꿇고 고개를 숙인 채 큰 소리로 외쳤습니다.

"마법사님, 마법사님! 드릴 말씀이 있습니다!"

사악한 마법을 쓰다가 예상치 못한 방해를 받은 마법사가 벌컥 몸을 돌렸습니다. 그는 하인에게 무시무시하게 불쾌한 눈빛을 보내며 천둥처럼 외쳤지요.

"감히 주문을 쓰는 이 신성한 시간을 방해하다니! 마법의 시간에 홀을 밟는 것을 엄격히 금지하지 않았느냐!"

"아아, 감히 불복종할 마음을 먹은 것은 아닙니다!" 악마는 떨리는 목소리로 말을 더듬었습니다.

명령을 따르지 않았을 때 어떤 형벌이 따르는지 잘 알았지만, 그는 제대로 보고하지 않았을 때 닥칠 일이 훨씬 더 두려웠습니다.

"말씀드릴 일이 있습니다. 명령을 따르지 못한 것도 그것 때문입니다." 악마가 공손하게 말했습니다.

그제야 정말 중요한 일이란 것을 눈치챈 마법사는 바로 지팡이를 내려놓고 명령했습니다.

"어디 고해 보거라."

악마는 한껏 격양되어 술술 말했습니다.

"입구에서 보초를 서는 중에, 갑자기 붉은 옷을 입은 기묘한 환영을 봤습니다. 그것은 잠시 입구에 머물다가 사라졌지만, 역광 덕분에 그 형상이 아주 뚜렷했지요. 어디로 갔는지는 모르겠습니다. 동료들과 함께 열심히 수색했는데도 흔적을 찾을 수 없었거든요. 제 눈이 잘못됐는지는 몰라도 어쩌면 그놈은 지금도 몸을 투명하게 만든 채 동굴 한가운데 있을지 모릅니다. 환영이 바로 주인님께서 경계하라고 명하셨던 그 왕자가 아닐까 해서요. 남은 동료들은 여전히 입구에서 보초를 서고 있습니다. 저는 보고 겪은 걸 말씀드리기 위해 이곳에 왔고요. 그 외에 다른 의도라고는 전혀 없습니다."

"잘했다." 마법사가 악마를 칭찬했습니다.

"형상은 의심할 여지 없이 왕자겠군. 검디검은 그림자는 그 치가 붉은 옷을 입고 있다고 했다. 그놈이 투명하든 아니든 나를 피할 수는 없을 것이다. 왕자가 여기에 있다면 반드시 그를 찾아내고야 말 테니까. 당장 일어나서 보초를 서는 나머지 무리와 합류하거라."

악마는 조용히 일어나 순순히 명령을 따랐습니다. 신기한 항아리 근처에 서 있던 왕자는 복도를 따라 울리는 발소리가 빠르게 멀어지는 것을 들었습니다.

그사이, 선 채로 생각에 잠겼던 마법사가 들고 있던 지팡이를 내려놓았습니다. 그리고 함에

든 다른 지팡이를 골라 높이 들고 머리 위에서 큰 원을 그리며 흔들었지요. 입으로는 주문을 외쳤습니다.

"지팡이의 힘으로 명하건대, 이곳에 보이지 않는 존재가 있다면 즉시 모습을 드러내라."

주문을 들은 왕자의 심장이 한순간 덜컥 멈췄습니다. 그는 마법사의 지팡이가 가진 힘에 대해서는 아무것도 몰랐고, 자신의 마법이 그에 대항할 수 있을지도 몰랐지요. 하지만 다행히 왕자의 마법은 풀리지 않았으며, 그는 여전히 누구에게도 보이지 않았습니다.

지팡이의 강력한 힘을 맹신하는 마법사는 아무것도 나타나지 않는 것을 보고 확신에 차 음산히 웃었습니다. 그러고는 항아리로 만든 원에서 나와 지팡이를 질질 끌며 복도로 가 큰 소리로 외쳤습니다.

"누구도 내 눈에 띄지 않고 이 문을 넘을 수는 없을 것이다!"

안전을 확신한 그는 만족감에

휩싸여 다시 동굴 홀의 정중앙으로 복귀했습니다. 왕자는 그 모든 모습을 지켜보고 있었지요. 항아리 사이에 자리를 잡은 뒤, 마법사는 다시 지팡이를 교체했습니다. 그러고는 함의 뚜껑을 닫고 자물쇠를 잠가 버렸죠. 술책의 서 역시 봉인했습니다.

뒤이어 마법사가 손바닥을 맞부딪쳐 큰 소리를 내자 신호를 들은 대장 악마가 한달음에 달려왔습니다.

"이제 항아리를 치우고 지팡이와 책을 안전하게 보관하도록." 마법사가 명령했습니다.

대장 악마는 탁자에 놓인 술책의 서를 조심스럽게 손에 들고 홀에서 사라졌습니다. 그리고 잠시 후 수많은 악마와 함께 돌아와서는 지팡이 상자 역시 같은 방식으로 옮겼습니다. 악마들은 육중한 항아리를 하나씩 맡아 천천히 굴렸습니다. 그들이 동굴 홀을 빠져나가는 내내 큰 소음이 잇따랐습니다.

그동안에도 왕자는 여전히 벽 옆에 서 있었습니다. 자신을 마녀가 갇힌 장소로 안내할 어떤 실마리를 기다리면서요. 추가 단서 없이는 길을 잃을 게 뻔했거든요. 다행히 오래 기다릴 필요는

없었습니다. 마법의 시간이 끝나자, 여느 때처럼 악마들이 하나둘씩 동굴 홀로 모여들었거든요.

"나의 친애하는 동생, 마녀를 만나러 갈 시간이군."

마법사가 등불 운반 악마에게 신호하며 말했습니다. 운반자들은 즉시 준비를 마쳤습니다.

마법사는 동굴 홀의 가장 끄트머리로 가서는 지팡이로 벽을 두드렸습니다. 그러자 벽이 즉시 둘로 쪼개지고 그 너머로 복도가 희미하게 드러났습니다. 왕자는 이번에도 모든 과정을 지켜보았습니다.

칠흑 같은 어둠 속, 희미하게나마 빛을 발하는 것은 악마들이 들고 있는 깜빡이는 등불뿐이었습니다. 그들은 재빨리 안으로 뛰어들었습니다. 마법사도 그 뒤를 따라 성큼성큼 걸어갔지요. 왕자 역시 예상치 못한 기회에 기뻐하며 그의 옆자리를 꿰찼습니다.

마법사가 잠시 걸음을 멈추고 다시 벽을 건드리자, 그것은 소리 없이 원상 복구 됐습니다. 그들은 한참이나 앞으로 나아가기만 했습니다. 어둡고 구불구불한 길을 따라 한없이 깊은 동굴의 중심부를 관통할 때까지 말입니다. 왕자는 사방을 면밀히 관찰하며 마녀를 데리고 나갈 때를 대비했습니다. 길을 잘못 들 일 없이 탈출할 수 있도록요.

마침내 그들 모두 지하 감옥에 도착했습니다. 마녀를 가둔 감옥 앞에서, 마법사는 이전과 똑같이 벽을 두드렸습니다. 벽이 열리자마자, 열정으로 마음이 앞선 왕자는 서둘러 음침한 감옥 안으로 들어갔습니다. 홀로 감옥에 갇힌 쓸쓸한 죄수를 만나기 위함이었지요.

처음에 그는 아무것도 볼 수 없었습니다. 악마들이 우

르르 감옥 안으로 들어와 벽을 따라 서자, 그제야 희미하게 빛나는 등불에 의지해 앞을 볼 수 있었지요. 저 앞에, 어렴풋이 허리를 숙이고 앉아 있는 형체가 보였습니다.

그것은 틀림없이 마녀였습니다. 그녀는 우아한 손에 얼굴을 묻고 있었습니다. 잔뜩 엉킨 머리카락이 축 처진 어깨와 회색 옷을 타고 흘러 바닥을 뒹굴었습니다. 깊은 절망에 빠진 마녀는 벽이 열린 것도 눈치채지 못했습니다. 마법사와 그의 하인들이 들어온 줄도 몰랐더랍니다.

마녀를 본 왕자는 깊은 동정심을 느꼈습니다. 그러나 위로를 건네고 싶어 활활 불타오르는 심장을 초인적인 노력으로 자제했지요. 그렇게 자신의 존재를 드러내 봐야, 마녀를 구출할 기회만 날리는 셈이 되니까요. 마법사가 어떤 사악한 마법을 쓸지 모르니 조심해야 했습니다.

반면, 마법사는 저열한 기쁨에 휩싸였습니다.

"아, 내 동생아. 우리가 지난번에 만났을 때와는 다르게 자신감이 덜한 것 같구나. 희망이 없다는 걸 받아들였나 보지?" 그는 그녀에게 가까이 다가가며 조롱하듯 말했습니다.

그 목소리가 마녀를 자극했습니다. 고개를 든 그녀는 천천히 몸을 일으키더니 마법사 쪽으로 몸을 돌렸습니다. 왕자는 그때 처음으로 마녀의 얼굴을 보게 됐지요.

그는 감탄할 만큼 아름다운 마녀의 얼굴을 뚫어져라 바라봤습니다. 광채를 발하는 크고 검은 눈 위에 덧씌워진 고통의 흔적까지 찾아낼 정도로요. 머지않아 그의 가슴에 사랑이 홍수처럼 솟아올랐습니다. 너무나 따뜻하고 강렬한 감정이었지요. 왕자는 이 순간 드디어 온 마음을 바쳐 사랑할 자신의 진정한 공주를 찾았다고 확신했습니다. 강력한 감정에 전율한 그는 애타게 마녀의 말을 기다렸습니다.

곧 고요한 은빛 장막과 같은 목소리가 왕자의 귀에 꽂혔습니다.

"희망은 잠시 사라졌다가도 다시 빠르게 솟기 마련이야, 오라버니. 진심으로 말하는데, 영원히 나를 붙잡아 둘 순 없을 걸." 마녀가 마법사에게 대꾸했습니다.

마법사가 절망에 빠진 상태를 지적하지 않았다면, 저열한 기쁨뿐만 아니라 더 많은 것을 내줬을 테지요. 오라비의 말을 듣고 정신을 차린 마녀는 자신이 느낀 깊은 절망을 감추기로 마음먹었습니다.

마녀의 말에 마법사는 경멸적인 미소를 입에 걸고 더욱 조롱하듯 말했습니다.

"아무래도 네게 동굴 주변을 어슬렁대며 입구를 찾아 헤매는 그 왕자에 대해 말해 줘야겠구나. 그 놈은 내 손 아귀에서

벗어나 너를 감옥에서 빼낼 수 있다고 믿겠지. 그러나 동생아, 왕자는 그렇게 하지 못할 것이다. 수없이 많은 경비병이 입구를 감시하고 있단다. 네게는 없는 내 친우들은 강하고 영리하지. 그놈은 이 모든 적에게서 결코 탈출할 수 없을 거란다. 제까짓 게 뭘 할 수 있겠니."

기대도 하지 않았던 말을 들은 마녀는 격렬하게 움직였습니다. 정말로 누군가가 자신을 구하러 오다니요! 진정한 친구, 빛의 왕자가 곤경에 처한 이를 외면하지 않은 것입니다. 꺼질 듯했던 희망이 다시 충만하게 맥동하며 솟아올랐습니다. 마녀는 억누를 수 없는 기쁨에 팔을 번쩍 들었습니다. 뒤이어 높고 달콤한 목소리가 지하 감옥 안에 또렷하게 울려

퍼졌습니다.

"아, 선량한 빛의 왕자가 드디어 날 구하러 왔구나! 그럴 줄 알았어! 왕자라면 오라버니의 경비병이든 사악한 친구들이든 눈 하나 깜빡하지 않고 해치울걸? 한 번 이긴 적 있으니, 분명 또다시 승리할 거야. 이미 신비한 힘에 굴복한 적이 있는 오라버니라면 잘 알겠지. 다시 희망을 품을 수 있겠어!"

"이런, 성급하기도 하지!" 마법사는 경멸 조로 반박했습니다.

"내가 말한 왕자는 빛의 왕자가 아니란다. 네게 우정을 빚진 적도 없는 데다가 가진 힘조차도 검증되지 않은 왕자지. 너를 위해 큰 위험을 감수할 이유가 없는 요정이란 말이다. 너는 고작해야 그림자 세계의 회색 존재란 것을 명심하렴. 그 왕자는 한번 매운 맛을 보고 나면, 즉시 자기 땅으로 돌아갈 게 뻔해. 뭐, 살아서 돌아갈 수 있다면 말이다."

마녀는 당황하지도

낙담하지도 않았습니다. 검은 눈을 마법사에게 고정한 그녀는 자신 있게 외쳤지요.

"낯선 왕자든 아니든 상관없어. 그 밝은 땅에서 온 이들은 자기를 지킬 힘이 없는 약한 존재를 그냥 두고 보지 않으니까. 게다가 그들이 가진 고귀한 마법은 우리의 마법을 무력하게 만드는걸? 생각지도 못한 순간에 발휘된 그 마법이 분명 오라버니를 무찌를 거야. 그 왕자는 이미 내 친구야! 날 도와주러 여기까지 왔으니까!"

그 순간 마법사의 커다란 웃음소리가 감옥을 울렸습니다. 거칠고 생생히 날뛰는 소리는 감옥 전체를 가득 채우며 암울한 벽에서 메아리쳤지요.

"잘 듣거라, 동생아. 그놈이 감옥에 들어올 수 있을 것 같으냐? 그는 절대 너를 찾을 수 없을 것이다." 마법사는 의기양양하게 말했습니다.

"이 감옥은 동굴의 가장 깊은 곳에 있으며 왕자가 무슨 마법을 부리든 결코 뚫을 수 없는 벽으로 둘러싸여 있지. 감옥을 여는 비밀은 오로지 나와 내가 선택한 사람만 알고 있다. 동굴 마법사의 전능한 주문이 감옥을 굳게 걸어 잠갔단 말이다."

 자만에 찬 자랑에도 마녀의 희망과 확신은 여전했습니다. 그녀는 입을 꾹 다물고 있었지만, 마법사는 쉽게 눈치챘습니다. 마녀가 전혀 겁먹지 않았다는 사실을 말이지요.

 "다음번에 올 때는, 선량하기 짝이 없는 왕자의 소식을 더 들려주마. 그놈의 모험이 어떻게 흘러갔는지 말이다. 어둠 속에 앉아만 있는 네게도 생각할 거리는 있는 게 좋을 테니." 마법사는 끝까지 마녀를 조롱했습니다.

 "진심으로 날 생각해 주다니 고마워 몸 둘 바를 모르겠네, 오라버니." 마녀는 지지 않고 대꾸했지요.

 한편, 누구의 눈에 띄지도 않고 그들 가까이에 있던 왕자는 마녀의 용감한 말을 하나도 빼놓지 않고 듣고 있었습니다. 처연한 아름다움과 더불어 비통한 상황에서도 용기를 잃지 않는 마녀를 본 왕자는 더욱 그녀를 사랑하게 되었습니다.

 여전히 경멸적인 미소를 입에 건 채, 마법사가

몸을 돌렸습니다. 그의 의도를 눈치챈 악마들은 재빨리 등불을 들어 올렸습니다. 그들의 주인이 벽을 두드리자, 문이 활짝 열렸습니다. 주인과 그의 노예들은 곧 감옥을 빠져나갔지요. 그들 뒤에서 음산하고 조용히 감옥의 벽이 닫혔습니다. 벅 너머로 멀어지는 발소리가 점차 희미해지더니, 이윽고 아무 소리도 들리지 않게 되었습니다.

으레 그렇듯, 혼자 남겨졌다고 생각한 마녀는 어둠 속에서 고개를 숙이고 깊게 한숨을 쉬었습니다.

"아, 부디 왕자가 너무 늦지 않았으면 좋겠네. 계속해서 희망을 품기엔 난 너무 지쳤는걸." 그녀가 중얼거렸습니다.

그때, 깜깜한 감옥 안에서 불쑥 누군가가 말을 걸었습니다.

"그림자들의 공주님, 여기예요. 불잉걸 왕자가 여기 왔습니다."

그 말을 들은 마녀의 심장이 빠르게 뛰었습니다. 그녀는 재빨리 고개를 들고 왕자를 찾아 두리번거렸습니다. 자신을 둘러싼 암흑에도 아랑곳하지 않고 말입니다. 그 순간 어둠이 녹아내리며 부드럽고 따뜻한 빛이 그 자리를 채웠습니다. 감옥 전체를 환

히 밝힐 정도로 풍부한 빛 덕분에 마녀는 눈앞의 왕자를 볼 수 있었습니다. 몸을 감싸던 어둠의 베일에서 해방된 그는 장미보다도 깊고 붉은 옷을 두른 찬란한 모습이었지요. 왕자의 붉은 의복에서 발하는 광채가 빛과 온기를 더해 주었답니다.

그의 뜨겁게 빛나는 두 눈은 마녀에게 고정된 채였습니다. 그 안에는 영혼에 전해질 정도로 부드러운 동정심과 연민, 그리고 충만한 사랑이 가득했지요. 그가 손을 뻗자 마녀는 마치 왕자의 영혼이 자신을 끌어당기는 듯한 기분을 느꼈습니다.

마녀의 입에서 경이에 찬 탄성이 튀어나왔습니다. 그녀의 큰 눈은 왕자에게 고정되어 있었는데, 슬픔만 가득했던 두 눈에 이전까진 볼 수 없던 기쁨이 반짝였습니다. 대체 왕자는 어떻게 감옥에 들어왔을까요? 마녀는 궁금했습니다. 그가 어떻게 어두운 감옥에 있는 자신을 찾을 수 있었는지, 또 잔혹하리만치 두꺼운 벽은 어떻게 뚫었는지, 게다가 왜 그가 잿빛 마녀에 불과한 자신을 사랑이 가득한 눈으로 바라보고 있는지… 하지만 무엇보다도 중요한 진실은 이것이었습니다. 이 눈부시게 아름다운 왕자가 자신을 구하러 여기까지 왔다는 것 말입니다!

마녀는 재빨리 덜덜 떨리는 손을 들어 얼굴을 가렸습니다. 감사와 사랑으로 터질 듯한 자신의 마음이 드러나지 않기를 바랐거든요. 처음

만났던 왕자, 빛의 왕자는 그녀에게 고귀한 삶과 진정한 마법을 향한 강렬한 갈망을 일깨웠습니다. 그런데, 지금 앞에 있는 왕자는 훨씬 더했습니다. 보는 것만으로도 행복해지는 사랑의 감정을 알려 주기까지 했거든요.

　왕자는 마녀에게 가까이 다가갔습니다. 그러자 여태껏 창백했던 뺨이 아름다운 진홍색으로 물들었습니다. 어두운 빛을 뿜어내는 머리카락과 대비되는 색깔이었습니다. 그는 부드럽게 마녀의 손을 내리고 사랑스러운 얼굴을 들여다봤습니다. 그가 본 그 어떤 얼굴도 그토록 찬란하지는 않았더랍니다. 왕자는 조심히 마녀의 턱을 들어 올리고 사랑스러운 눈을 보며 다정하게 속삭였습니다.

"친애하는 마녀님, 이리 오세요. 함께 나가요. 이 사악한 감옥의 암흑 따윈 뒤로하고, 나와 떠나요."

마녀는 작고 부드러운 목소리로 대답했습니다.

"당신과 함께 떠날 수 있다면, 그보다 행복한 일은 또 없을 거예요."

제10장

감옥을 나서던 마법사는 마녀가 자신의 힘에 굴복해 절망에 빠졌다고 믿었습니다. 그러나 걷는 도중 생각이 달라졌습니다. 대화를 마칠 때쯤의 마녀는 얼마나 고집스럽고 확신에 차 있었던지요. 그녀는 끝끝내 고집을 꺾지 않았더랍니다. 동시에 그는 감옥에 가두기 전 동생이 어땠는지도 떠올렸습니다. 마녀는 자주 그를 골탕 먹이고는 교묘히 몸을 숨기곤 했지요.

마법사는 이내 결론을 내렸습니다. 마녀가 다시 똑같은 일을 벌이는 게 아예 불가능한 일은 아니라고요. 감옥의 깊은 어둠에서 빠져나올 수만 있다면 본래 가졌던 마법의 힘을 되찾을 것이고, 그러면 경비병도 무용지물일 터였지요. 분명 영리하게 속임수를 써서 자유를 쟁취할 게 뻔했습니다.

이런저런 고민을 하며 복도를 걷던 마법사는 곧 길이 두 갈래로 갈라지는 모퉁이에 다다랐습니다. 하나는 곧바로 동굴 홀로 향했고, 다른 하나는 동굴에서 동떨어진 위험한 장소로 이어졌습니다. 이른바 연기 구덩이였습니다. 마법사조차도 가장 비밀스러운 마법을 연습할 때가 아니면 가지 않는 장소였으며, 너무 위험해서 어떤 악마도 감히 발을 들이지 못하는 곳이었지요. 자신 말고는 누구도 안전하게 통과하지 못한다는 사실은 이미 널리 알려져 있었답니다.

문득 좋은 생각이 떠오른 마법사는 걸음을 멈췄습니다. 동굴 홀로 가는 길을 폐쇄하고 연기 구덩이로 이어지는 길만 남기는 일은 마법 한 번으로 가능했거든요. 그렇다면, 만약 동생이 어떤 신묘한 술수를 부려서 지하 감옥에서 탈출한다 해도 아무 의심 없이 연기 구덩이로 향하지 않겠어요? 자신 말고는 누구도 통과할 수 없는 곳이니, 결국 마녀는 제 발로 감옥으로 돌아갈 게 뻔했습니다.

거기까지 생각한 마법사는 즐거움에 폭소했습니다. 그는 즉시 함정을 설치하기로 했습니다. 악마들은 난데없이 랜턴을 내려놓으라는 명령을 받고 순순히 그 말을 따랐습니다. 그들이 주인의 눈치를 보며 눈만 끔벅이자 마법사가 엄한 눈초리로 말했습니다.

"감히 이 몸이 하는 일을 쳐다볼 생각일랑 말거라."

하인들은 즉시 무릎을 꿇고 땅바닥에 머리를 댄 채 주인에게 복종했습니다. 숨 쉬는 이가 하나도 없는 것만 같은 깊디깊은 침묵이 동굴을 가득 채웠습니다.

마법사는 망토 아래에서 칠흑색 지팡이를 꺼냈습니다. 벽을 향해 지팡이를 흔들고 아무도 들을 수 없는 낮은 목소리로 기이한 주문을 반복했지요. 잇따라 이어지는 주문에 동굴 벽이 서서히 뭉치더니, 머지않아 그들이 디뎠던 길을 완전히 막아 버렸습니다.

직후 그는 지팡이를 교체한 뒤 하인들에게로 돌아섰습니다. 그들은 여전히 조심스럽게 무릎을 꿇고 있었습니다.

"이제 움직여도 좋다." 마법사가 명령했습니다.

일제히 벌떡 일어난 그들은 한 번도 돌아보지 않고 앞으로 나아갔습니다. 감히 주인이 부린 마법을 볼 생각도 못 하고 앞다투어 움직였더랍니다.

마법사가 만족하며 그곳을 떠나는 사이, 왕자는 지하 감옥의 문을 여는 중이었습니다. 마녀를 자유롭게 풀어 주기 위해서는 먼저 감옥을 빠져나가야 했거든요. 왕자는 복도로 통하는 길을 막은 벽 앞에 서서 요정 검을 뽑아 들었습니다. 그러자, 그러기를 무섭게 생생한 불이 활활 타올랐습니다.

뒤이어 검에서부터 시작된 밝은 점이 한데 모였습니다. 그러더니 마법사가 드나들곤 하던 바로 그 지점에 가 닿았지요. 온통 새카만 문에 진홍색 윤곽선이 생겼습니다.

 마녀는 움직이는 불의 점을 가만히 눈으로 덧그렸습니다. 윤곽선이 완전해질 때까지, 숨 쉬는 법도 잊을 정도였지요. 칼이 다시 검집으로 되돌아가고, 마녀의 가슴은 기대감으로 빠르게 뛰었습니다. 그녀는 숨을 죽인 채 조용히 기다렸습니다.

 다음 순간, 정말 놀랍게도 문이 저절로 열렸습니다. 자유로 향하는 길이 마녀의 앞에 펼쳐진 것입니다.

 왕자는 마녀의 손을 잡고 함께 문을 넘었습니다. 문 앞에 멈춰 선 그가 마법의 주문을 읊조리자, 창조자의 명령을 들은 문이 열릴 때만큼이나 조용하게 닫혔습니다. 진홍색 윤곽선은 어느새 사라졌고, 벽은 이전과 똑같이 빈틈없는 우중충한 장벽에 지나지 않았습니다.

"아, 대단한 왕자님! 정말 멋진 마법이에요!" 모든 걸 지켜본 마녀가 속삭였습니다.

왕자는 말없이 마녀의 손가락에 입 맞췄습니다.

두 사람은 길게 뻗은 구불구불한 복도를 걷기 시작했습니다. 끝이 보이지 않는 어둠 속에 펼쳐진 길이었습니다. 그러나 왕자에게서 흘러나오는 붉디붉은 빛 덕분에 그들이 지나가는 곳마다 환히 밝아졌지요. 따뜻하고 기운이 나는 빛 덕분에 마녀는 행복에 휩싸여 미끄러지듯이 나아갔습니다. 감옥에서 멀어질수록 그녀는 점점 더 예전의 모습을 되찾았습니다. 어딘가에 잠자고 있던 마법의 힘 역시 회복되었습니다. 너무 오랫동안 빼앗겼던 힘이었지요.

계속해서 걷던 그들은 마침내 마법사가 설치한 함정 벽에 도착했습니다. 의심도 없이 곧장 나아가던 왕자는 문득

깨달았습니다. 이곳은 마법사와 악마를 뒤쫓던 그 길이 아니라는 것을요. 그는 우뚝 멈춰 서서 날카로운 눈으로 주변을 둘러보았습니다. 어딜 보아도 낯선 길임이 명백했습니다.

근심에 찬 왕자를 보고 마녀는 걱정스럽게 물었습니다.

"뭐가 잘못됐나요?"

왕자가 대답했습니다.

"막 감옥에서 나왔을 때는 분명 낯익은 길이었습니다. 하지만 이곳은 완전히 새로운 길이네요."

"다른 길이라고는 없는걸요. 어디에도 샛길은 보이지 않아요." 마녀는 확신에 차 말했습니다.

"길을 잃은 게 분명해요. 당신을 만나러 갈 때의 그 길이 아니에요." 왕자는 여전히 생각을 굽히지 않았습니다.

"정말로요?"

"확신합니다."

그러자 마녀의 눈이 어떤 깨달음으로 번뜩였습니다.

"오라버니의 마법이 분명해요. 아마도 내가 탈출할 때를 대비해서, 제대로 된 길을 막고 새로운 길을 만들었나 봐요. 위험한 곳으로 연결되도록 함정을 판 거지요. 내가 감히 모험할 엄두도 내지 못하게요."

"마법사가 고안한 함정이 무엇이든 상관없습니다. 선한 마법으로 모든 걸 극복해 보이겠어요. 게다가 지금으로서는 이 길밖에 없으니, 더 이상 지체하지 말고 출발하지요." 왕자가 말했습니다.

"그건 그래요. 어쨌든 선택지는 이것 하나뿐이니까요." 마녀도 동의했습니다.

그리하여 그들은 다시 여행을 시작했습니다. 여태까지 지나온 길도 아주 어두웠지만, 눈앞의 길은 점점 더 어두워지기만

했지요. 그러나 사위가 어두워질수록 왕자에게서 흘러나오는 빛은 더욱 밝아졌습니다. 마녀는 빛에 의지해 계속 기운을 낼 수 있었습니다.

잠시 후, 그들은 짙은 어둠에 싸인 탁 트인 공간에 다다랐습니다. 무엇이 있는지 볼 수 있을 만큼 가깝지는 않았지만, 한가운데서 솟아오르는 수증기의 형상이 보였습니다.

대번에 창백해진 마녀는 왕자의 팔을 붙잡고 끌어당겼습니다.

"더 가까이 가지 마세요! 이것보다 가까워지면 안 돼요! 저기에 우리 둘을 확실한 파멸로 이끌 만한 게 있어요. 연기 구덩이 말이에요. 저 끔찍한 노란 안개는 숨 쉴 때마다 독을 뿜어요." 그녀가 경고 조로 외쳤습니다.

"그러더라도 굴복할 수는 없습니다. 우리 뒤에는 감옥이 있는걸요. 그곳으로 돌아갈 수는 없지요." 왕자가 말했습니다.

"나를 위해서 이런 위험을 무릅쓰지 말아요." 마녀는 단호하게 대꾸했습니다.

"그래서는 안 돼요. 이렇

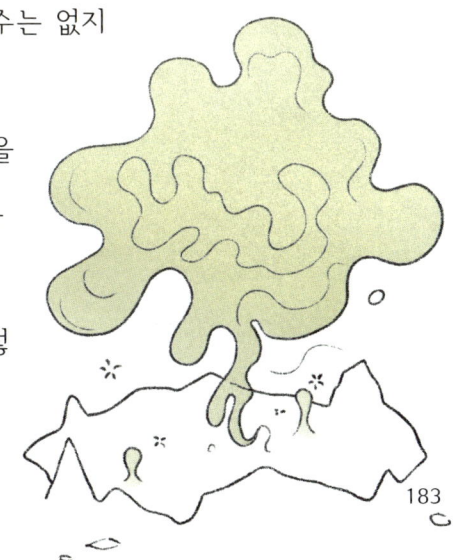

게 끔찍한 위험을 감수
하는 걸 보느니 차
라리 영원히 감옥에
갇히는 편이 나은걸요. 오라버
니 외에는 누구도 저곳에 들어갈 생각도
하지 않아요. 당신도 그래야
하고요."

"이곳을 지나면 그 너머에는 무
엇이 있습니까?" 왕자가 물었습니다.

마녀는 슬프게 중얼거렸습니다.

"중간에 파멸이 있다면, 그 끝에 무엇
이 있든 다 무슨 상관이겠어요? 구덩이는
그곳을 지나간 이들을 완전히 삼켜 버리니, 우
리는 안전한 이곳에 서 있는 게 맞아요."

"이 너머에 무엇이 있나요? 부디 진실을
말씀해 주세요. 꼭 알아야만 합니다."
왕자가 다시 물었습니다.

마녀는 대답할 수밖에 없다는
사실을 깨달았습니다.

그러기 무섭게 눈물이 터져 얼굴을 가려야
했지만요. 그녀는 차마 입이 떨어지지 않았
습니다.

왕자는 그런 마녀의 눈물을 부드럽게 닦아 주고는
점잖게 말했습니다.

"출구가 저 너머에 있나 보군요."

마녀는 결국 인정했습니다. "맞아요, 동굴 홀로 이어져요."

그리고 왕자에게 필사적으로 매달렸습니다.

"아, 하지만, 구덩이를 지나면 안 돼요. 절대, 안 된다고요!
오라버니는 항상 주변 사람들에게 자랑하곤 했어요. 자신 말
고는 누구도 저곳을 지날 수 없다고 했다고요."

"친애하는 마녀님, 내 말을 들어 주세요." 왕자가 설
득 조로 말했습니다.

"당신의 말대로 저곳에는 무시무시한 위
험이 도사리고 있을지도 모릅니
다. 하지만 우리는 분명 구덩
이를 안전하게 통과할 거예
요. 마법사의 사악한 함정을 무
너트릴 수 있는 선한 마법이

있는걸요. 자, 지금부터 보여 드리지요."

그는 가슴에 손을 얹고서 작고 둥근 상자를 꺼내며 설명했습니다.

"이것은 불의 왕국을 통틀어 가장 나이가 많고 현명한 분이 주신 선물입니다. 당신을 구하는 여정 중 가장 위험한 순간에 사용하라고 하셨지요. 사방이 꽉 막혀 전혀 빠져나갈 희망을 찾을 수 없을 때 말입니다. 상자에 담긴 것이 위기를 극복할 수 있게 도와줄 거예요. 안전히 빠져나갈 길을 만들어 줄 테지요."

그러더니 이번에는 상자를 열어 숯 조각을 꺼내고는 말했습니다.

"곧 길을 만들 테니, 여기에 있어요."

그러나 마녀는 왕자를 혼자 보낼 수 없었습니다.

"무슨 일이 있어도 우리는 함께해야 해요." 그녀는 선언했습니다.

어떤 말로도 마녀를 설득할 수 없었기 때문에, 왕자는 끝내 그 뜻을 따르기로 했습니다. 그러나 구덩이에 가까워질수록 그곳에서 피어오른 고약한 냄새가 마녀에게 몰아쳤습니다. 그녀는 얼굴이 창백해지더니, 이내 천천히 바닥에 주저앉았습니다.

아무리 용감한 이라 하더라도, 한계는 있기 마련입니다. 왕자는 마녀가 그 지점에 이르렀음을 알아차렸습니다. 그는 그녀를 뒤쪽으로 데려가 튀어나온 벽면에 조심스럽게 앉혔습니다. 떨리는 몸으로 간신히 숨을 고르고 있는 마녀를 남겨 둔 채, 왕자는 다시 구덩이를 향해 나아갔습니다.

그사이 구덩이가 내뿜는 숨결이 더욱 강해졌습니다. 왕자가 가까워질수록 치명적인 연기는 더 자욱해졌지요. 하지만 그는 당황하지 않고 노란 안개를 향해 곧장 나아갔습니다. 현자의 선물을 손에 든 채로요. 왕자는 어느 순간 더 이상 나아갈 수 없는 지점에 이르렀습니다. 숨 막히는 증기가 주위를 떠다녔고, 끔찍하게 넓은 구멍을 쩍 벌리고 있는 구덩이는 여전히 멀게만 보였습니다. 이제 왕자에게 믿을 것이라곤 제 팔 힘과 확실한 목표뿐이었습니다. 몸을 한껏 늘린 왕자는 팔을 뒤로 젖히고 마법의 숯을 정확히 표적에 던졌습니다.

"구덩이 끝까지 가라! 이 사악한 구덩이가 더 이상 숨을 쉴 수 없을 때까지!" 숯이 그의 손을 떠날 때, 왕자가 크게 외쳤습니다.

화살처럼 속도가 붙은 숯은 구덩이의 중심부에 떨어졌습니다. 그 뒤로는 과연 현자의 말대로였습니다. 마지못해 복종하는 무뚝뚝한 노예들처럼 노란 안개가 점점 더 구덩이 아래로 가라앉았거든요. 안개가 더 이상 보이지 않을 때쯤에는 악취도 함께 사라져, 공기는 맑고 깨끗해졌습니다. 그러자 구덩이 가장자리를 따라 길이 보였습니다. 왕자가 서 있는 복도에서 저 너머의 복도까지 이어지는 길이었지요.

마녀를 데려오려던 불잉걸 왕자는 그럴 필요가 없다는 것을 깨달았습니다. 안개가 걷히자 힘이 돌아온 마녀가 즉시 일어나 다가왔거든요.

"당신과 함께라면 어디든 두렵지 않아요. 날 구한 걸로도 모자라 이렇게 강하기까지 하다니, 어떻게 당신을 믿지 않을 수 있겠어요?" 그녀가 속삭이듯 말했습니다.

이제는 완전히 사라져 버린 연기 구덩이에서 벗어난 그들은 어둡고 황량한 복도를 따라 서둘러 걸었습니다. 이내 누군가 낮은 목소리로 중얼거리는 소리가 들리고, 두 사람은 마침내 둥글고 낮은 천장이 있는 방의 입구에 이르게 되었지요. 다른 방처럼 어두웠지만, 그곳엔 수많은 악마와 희미한 등불이 있었습니다. 그들은 이상하리만치 분주해 보였습니다.

그들 중 일부는 거무죽죽한 베틀 앞에서 거대한 그을음 커튼을 짜고 있었습니다. 동굴 홀의 벽을 덮은 커튼이 닳아서 산산조각이 날 때마다 교체해야 했거든요.

숯 조각을 든 몇몇은 어둠의 밧줄을 땋고 있었습니다. 마법사의 명령에 불복한 자들을 묶을 때 쓰는 밧줄이지요. 주인의 명대로 밧줄을 튼튼하게 만드는 중이었습니다. 자신들 역시 언제든지 밧줄에 묶일 수 있다는 것을 알면서도, 그들은 감히 주인의 명령을 거역할 생각을 하지 못했습니다.

상석에는 대장 악마가 서 있었습니다. 그는 자기 일을 제대로 수행하지 않거나 쓸데없이 수다를 떠는 악마가 있는지 감시했답니다. 그들은 모두 맡은 일에 너무 집중한 나머지, 누구도 가까워지는 발소리를 듣지 못했습니다. 그때, 우연히 고개를 든 대장 악마가 문 앞에 선 왕자와 눈이 마주쳤습니다. 붉게 빛나는 그의 옆에는 회색 그림자 마녀도 있었지요. 멀리 떨어진 감옥의 벽에 둘러싸여 삼엄한 감시를 받고 있을 그 마녀 말입니다.

대장 악마가 뭐라고 말하기도 전에, 그리고 그들을 본 다른 악마가 소리를 지르거나 나쁜 짓을 시도하기도 전에 왕자는 망토 밑에서 지팡이를 꺼냈습니다. 강하고 명확한 목소리가 방에 울려 퍼졌습니다.

"그대로 멈춰라. 마녀가 안전하게 고국의 땅을 밟기 전까지는 누구도 움직이거나 말할 수 없다."

왕자의 주문에 따라 마법사의 하인은 모두 제자리에 고정되었습니다. 움찔대거나 웅얼거리는 것조차 불가능했지요. 그들은 왕자와 마녀가 앞으로 나아가는 것을 뜬 눈으로 지켜볼 수밖에 없었습니다. 심지어 대놓고 그들 사이를 지나가는데 손을 뻗어 옷자락을 움켜잡지도 못했습니다.

주인의 의사를 배반한 귀에서 왕자의 주문이 계속 메아리쳤습니다. 그것은 두 사람이 시야에서 완전히 사라진 후에도 계속됐더랍니다.

제11장

불잉걸 왕자와 마녀는 빠르게 동굴 홀에 가까워졌습니다. 복도에는 막 떠나온 방과 유사한 아치형 입구가 많았습니다. 그들은 내부를 슬쩍 들여다보며 발걸음을 재촉했습니다.

그중 한 방에는 두꺼운 뚜껑이 달린 커다란 항아리와 거대한 상자가 있었습니다. 모든 물건에 마법사의 표식이 새겨져 있었기 때문에 마녀는 한눈에 그것을 알아보았습니다. 그녀 역시 사악한 주문을 사용하곤 했으니까요. 그와 동시에 보초를 서는 악마가 없다는 것도 눈치챘습니다.

마녀는 조심스럽게 그 방에 진입했습니다. 생각한 대로 역시 그곳은 오라버니의 침실이었지요. 새까만

시트와 먹색 베개가 놓인 거대한 침대는 언제든 마법사를 맞이할 준비가 된 것처럼 보였습니다. 침대 옆 높고 커다란 의자도 눈에 띄었습니다. 한쪽에는 마법사의 특별한 보물 상자가 있었습니다. 그가 가장 좋아하는 지팡이와 술책의 서를 보관하는 장소였지요. 물론 상자는 손가락 하나도 들어갈 틈 없이 단단히 잠긴 채였습니다. 다른 모든 방이 그렇듯, 마법사의 방도 조용하고 황량했습니다.

그때 갑자기 무언가를 두드리는 소리가 커다랗게 울렸습니다. 그 소리는 점점 커지는 듯싶더니, 곧이어 성나서 울부짖는 소리로 바뀌었습니다.

"오라버니가 악마를 부르고 있네요. 이렇게 소환할 때마다 참고 기다리는 법이 없어요." 마녀가 속삭였습니다.

과연 그녀가 말한 대로 동굴 홀의 마법사는 분노로 온통 잿빛이었습니다. 한 번도 제때 나타난 적이 없던 하인들은 이번에도 똑같이 꾸물

거리는 게 분명했습니다. 그는 반복적으로 의자 팔걸이를 치며 더 목소리를 높였습니다. 그러나 대장 악마는커녕 누구 하나 오는 이가 없었습니다. 악마들이 어디서 무슨 일을 하는지 속속들이 알고 있다고 자부하는 마법사는 부아가 치밀었습니다. 그들이 제 본분을 다하고 있다면 자신의 목소리를 듣지 못할 리가 없었거든요. 하인이라는 놈들이 감히 소환에 응하지 않는 것도 어이없었지만, 어떻게 소환할 때마다 귀머거리가 되는지도 그는 이해할 수 없었습니다.

그사이 왕자에게 가까이 다가간 마녀가 숨죽여 말했습니다.

"우리와 마법사 사이의 거리는 불과 몇 미터예요. 여기서 조금만 기다렸다가 그를 만나요. 이제는 오라버니가 두렵지 않거든요. 지하 감옥이 아니라면 우리 둘의 힘은 비등해요. 이

미 여러 번 이긴 전적도 있고요. 마법사도 그 사실을 누구보다 잘 알고 있으니, 나를 오랫동안 어두운 감옥에 가둬 놓은 거겠지요. 드디어 지하 감옥에서 탈출했지만, 그동안 너무 오래 그에게 예속되어 있었어요. 그림자의 땅으로 돌아가기 전에 내 힘이 온전히 돌아왔는지 확인해야 해요. 이렇게 자유로운 상태일 때라면 여전히 마법사에게 맞설 수 있는지 말이에요. 오라버니가 혼자 있는 지금이 바로 기회예요."

불잉걸 왕자는 고개를 저으며 반대했습니다.

"당신이 그런 모험을 하도록 둘 순 없어요. 너무 위험해요."

"나는 혼자가 아닌걸요." 마녀는 자신 있게 말했습니다.

"정말로 힘이 돌아오지 않았다면 위험한 순간도 있겠지요. 하지만, 당신이 있잖아요. 내가 곤경에 처하는 걸 결코 두고 보지 않을 당신이요."

 왕자는 결국 마지못해 동의했습니다. 마녀는 직후 소리 없이 미끄러지듯 멀어졌습니다. 그 역시 마녀의 뒤에 바짝 붙어 함께 이동했습니다. 만약 위험한 일이 생기면 지체 없이 그녀를 돕기 위해서 말입니다.

 한편, 하인들의 태만에 화가 머리끝까지 난 마법사는 결국 의자를 박차고 일어났습니다. 부름에 응하지 않는 악마를 모조리 찾아내어 처벌하려던 참이었지요. 그때, 갑자기 낮은 웃음소리가 귓가에 맴돌았습니다. 친숙한 소리를 들은 마법사는 깜짝 놀랐습니다. 분명 동생의 웃음소리였거든요. 절망에 휩싸인 채 동굴의 가장 깊은 곳에 갇혀 있어야 할 동생 말입니다. 그녀가 이렇게 가까이에 있을 리 없었지요. 그는 엉거주춤 서서 소리가 난 방향으로 고개를 돌렸습니다. 혼란에 차 반신반의하던 참에 한 번 더 웃음소리가 울려 퍼졌습니다. 소리는 온갖 장소에서 들렸습니다. 어두컴컴한 복도에서 그의 침실로 이어지는 길과 악마들이 분주히 일하는 방, 연기 구덩이에서 나는 것 같기도 했습니다. 분명 자신의 방에서 아주 멀리 떨어진 곳인데도요.

어쨌든 동생은 연기 구덩이 때문에 오도 가도 못할 것이 뻔했습니다. 결코 뛰어넘을 수 없는 장벽을 떠올린 마법사는 잔인하게 미소 지었습니다. 게다가 침실에는 마법으로 봉인된 이중벽이 있었지요. 거기까지 떠올린 마법사는 그저 자신이 마녀의 웃음소리를 상상한 것뿐이라고 확신했습니다.

그런데, 그렇게 결론을 내리기 무섭게 다시 웃음소리가 들려왔습니다. 이번에는 그를 향해 다가오는 회색 인영까지 보였지요. 그것은 예의 그 소리를 내며 점점 더 가까워졌습니다. 불가사의를 목도한 마법사는 형체를 바라만

봤습니다. 필시 마녀일 리는 없다고 되뇌면서요. 또한 자기 눈이 잘못됐다고 생각하기도 했습니다.

그러나, 우뚝 서서 확실한 승리감에 찬 목소리로 말하는 이는 분명 마녀였습니다. 불가능하다고 생각한 일이었지만, 결국 마법사는 인정할 수밖에 없었지요.

"경고했을 텐데, 오라버니. 지하 감옥은 나를 영영 붙잡아 둘 만큼 충분히 강하지 않을 거라고. 결국 이렇게 탈출했으니 오라버니의 계획이 뭐든 실패했네. 게다가 이보다 확실한 증거가 또 어딨겠어? 내가 오라버니보다 훨씬 더 강하니까 감옥을 빠져나올 수 있었던 거라고. 잘 알겠지만, 우리가 싸운다면 결과는 불 보듯 뻔해."

마법사의 눈이 불타올랐습니다. 마녀를 붙잡기 위해 한 걸음 전진한 그는 손을 뻗으며 응수했습니다.

"그것참 성급한 자만이구나. 장소가 어디든 너를 굴복시킬 주문은 있다."

그에게 저항하듯 마녀의 자세는 여전히 꼿꼿했습니다. 그러나 그녀는 이내 재빨리 몇 걸음 물러섰습니다. 마법사가 두렵지는 않더라도 신중할 필요가 있었거든요. 마녀는 어서 힘을 시험해 보고 싶었습니다. 마법사가 한 번이라도 자신의 오래된 속임수에 당황한다면, 그때가 바로 절호의 기회였습니다. 그는 더 이상 위협이 되지 않을 터였지요.

 마녀가 회색 소매를 흔들자, 즉시 두 사람 사이에 마법의 장막이 떨어졌습니다. 일명 움직이는 그림자 장막이었지요. 장막은 형체를 갖추기 전부터 그림자의 형상이었는데, 예리한 눈을 가진 마법사가 보기에도 자신과 똑 닮아 있었습니다. 마녀는 장막 뒤에 완벽히 몸을 숨겼습니다.

 그 과정이 어찌나 빠르고 능숙하던지, 마법사는 무슨 일이 벌어진 건지 짐작조차 할 수 없었더랍니다. 그는 곧바로 형상을 낚아챘습니다. 하지만 그것은 붙잡히기 전 재빨리 물러났습니다. 형상은 놀랍도록 민첩하게 이쪽에서 저쪽으로 돌진하며 추적을 피했지요. 마법사와 계속 아슬아슬한 거리를 유지하는 형상은 결코 붙잡히는 법이 없었습니다. 손가락이라도 닿을라치면 곧장 멀어져 버렸거든요. 그가 실패할 때마다 마녀의 조롱 섞인 웃음이 메아리쳤습니다.

 마녀의 얼굴에 의기양양한 미소가 떠올랐습니다. 여전히 마법사에게 맞서 자신을 지킬 수 있다는 확신이 들었기 때문입니다. 왕자와 함께 탈출하는 것은 또 얼마나 쉬울까요! 그녀는 왕자에게 손짓해 희소식을 전하려 했습니다. 그 찰나 마법사가 활공하는 장막을 잡아챘습니다. 여태까지와는 차원이 다른 속도였지요. 그리하여 마법사는 드디어 헛손질을 멈춘 줄 알았더랍니다. 하지만 사실은 그렇지 않았습니다. 마법사가 붙잡은 것은 장막이 아닌 허상이었으니까요. 그제야 그는 자신이 또 동생의 작품에 놀아났다는 것을 눈치챘답니다.

분노에 찬 그는 쩌렁쩌렁한 목소리로 마법의 주문을 외쳤습니다. 그에 응답하듯 짙은 어둠이 사방에서 빠르게 내려왔습니다. 그것은 감옥에서처럼 동굴 홀 전체를 시커멓게 물들였습니다. 마녀는 눈을 의심했습니다. 마법사가 이전에는 결코 보여 준 적 없던, 해내지 못할 것이라고 믿던 마법이었거든요. 게다가 지하 감옥도 아닌 동굴 홀에서 말이지요. 어둠이 다 내리기도 전에 그림자 장막은 사라져 버렸습니다. 마녀는 큰 소리로 울부짖으며 무기력하게 동굴 바닥에 주저앉았습니다.

마침내 마법사는 마녀가 완전히 손아귀에 떨어졌다고 확신했습니다. 동생이 쓰러지면서 비명 외에 다른 소리는 내지 않았거든요. 만약 동료가 있다면 도움을 요청했을 테고, 분명 누군가는 부름에 대답했을 테지요. 마법사는 몸을 굽혀 한 치 앞도 보이지 않는 어둠 속에서 마녀를 붙잡으려고 했습니다.

그런데 그때, 칠흑 같은 어둠이 산산이 부서지더니 풍부하고 따뜻한 빛이 물밀듯이 동굴 홀을 가득 채웠습니다. 어둠의 자리를 대신한 빛은 허리를 굽힌 마법사의 사악한 얼굴을 비추고는 곧 바닥에 쓰러진 마녀를 감싸듯 쏟아졌습니다.

난데없이 튀어나온 빛에 깜짝 놀란 마법사는 출처를 확인하고자 머리를 뒤로 젖혔습니다. 그러다가 출입구에서 불의 검을 높이 든 왕자와 눈이 마주쳤지요.

검에서 붉게 빛나는 빛이 계속해서 흘러나왔습니다. 빛은 왕자가 가까워질수록 더욱 강렬해졌습니다. 시간이 지날수록 마법사는 견디기 힘들었습니다. 빛 자체의 찬란한 아름다움도 참고 보기 어려운 데다가, 거세고 순수한 열기도 악몽 같았지요. 심지어 왕자가 다가올 때마다 더욱 강해지는 것 같기까지 했습니다.

　마법사는 고심했습니다. 불꽃 검을 든 빛의 왕자와 맞닥트렸을 때보다 더 큰 위협을 느꼈기 때문입니다. 그가 잔뜩 쉰 목소리로 하인을 불렀습니다. 하지만 지원 요청은 아치형 방에 갇혀 빠져나가지 못했지요. 설령 누가 소리를 들었더라도 아무 의미 없는 일이었습니다. 부름에 대답하거나 소환에 응할 수 있는 악마는 없었으니까요.

　몸을 일으키려던 시도는 허사로 돌아갔고, 그는 되레 앞으로 고꾸라지고 말았습니다. 마법사는 바닥에 몸을 붙인 채 마녀가 서서히 일어나는 것을 지켜봐야 했습니다. 사악한 주문을 맞고 쓰러졌던 동생이 몸을 일으키자 기쁨과 용기의 빛으로 가득한 얼굴이 드러났습니다. 마녀의 눈은 뜻밖의 손님에게 고정돼 있었지요. 승리의 상징인 왕자에게 말입니다. 빛과 온기를 품은 검 말고 확실한 승리를 가져다줄 무기가 또 있는 걸까요?

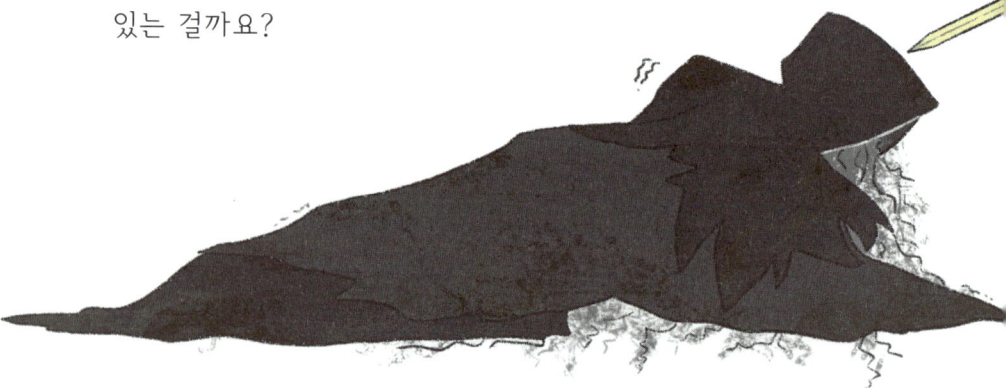

눈만 굴려서 두 사람을 번갈아 보던 마법사는 마침내 깨달았습니다. 한때 검디검은 그림자가 경고했던 왕자가 바로 그라는 것을요.

엎드린 마법사의 등에 활활 타오르는 검을 겨눈 왕자가 말했습니다.

"잔인하고 사악한 동굴의 주인이여, 그대는 이곳에서 검의 속박을 받을지어다. 마녀가 자기 왕국에 안전히 발을 들이기 전까지는 결코 움직일 수 없다. 악마에게 도움을 요청해 봐야

소용없다. 그들에게도 같은 주문을 걸었으니, 아무리 부른들 누구도 응하지 않을 것이다. 입구의 경비병에게도 똑같은 속박을 걸 예정이니 허튼짓은 하지 마라."

검의 마법이 마법사의 몸 깊숙한 곳을 꿰뚫었습니다. 그는 마치 환싱처럼 왕자가 검집에 검을 꽂는 것을 목격했습니다. 흐릿한 눈으로나마 다정하게 손을 내미는 불청객의 행동과 그 손을 잡는 동생의 모습까지 지켜보았죠. 그들이 동굴 홀에서 빠져나가는 상황 역시 인지했습니다. 바깥쪽에 있는 것이라고는 자유로 이어지는 복도뿐이었더랍니다.

마법사의 모든 감각과 생각이 몽롱해졌습니다. 불의 검이 뱉은 주문이 영혼 한가운데를 관통했기 때

문에, 동굴 너머에 두 사람을 기다리는 잔뜩 꼬인 연기와 잿빛 고블린이 숨어 있다는 사실도 잊을 정도였습니다. 훨씬 더 멀리에 있는 굴뚝 바람은 말할 것도 없었습니다. 머릿속에 안개가 낀 듯 마녀의 탈출을 막고 왕자를 파괴하겠다는 친우들의 약속까지도 희미해졌습니다.

그들은 착실히 출구로 나아갔습니다. 그곳을 지키는 악마들은 여전히 본분을 다하고 있었지요. 감히 잠을 자거나 움직일 생각도 못 했습니다. 여태까지 누구도 침입하지 않았지만, 주인의 명령을 거역할 수는 없었거든요. 그들은 마법사의 분노와 처벌이 두려웠습니다. 명령을 충실히 따르지 않는다면 결과는 뻔했거든요.

하지만 왕자와 마녀가 다가왔을 때, 기묘하고 생소한 따뜻함이 그들을 사로잡았습니다. 직후에는 모든 감각이 마비됐지요. 서거나 앉아 있던 모든 악마에게 졸음이 닥치더니, 그들은 일제히 고개를 꾸벅이며 잠에 빠져 버렸습니다. 누가 업어 가도 모를 만큼 깊은 수면이었습니다.

당연히 불의 검의 효력이었지요.

출구에 선 마녀는 그들을 눈에 담았습니다. 일부는 동굴의 거친 벽에 똑바로 기댄 채였고, 더러는 무릎을 꿇고 머리를 숙이고 있었습니다. 몇몇은 땅에 엎드려 누워 잠에 빠져 있었지요. 미소를 지은 마녀는 고개를 돌리며 중얼거렸습니다.

"불잉걸* 왕자 앞에선, 오라버니의 경비병도 별수 없구나."

제12장

드디어 완전히 힘을 회복한 마녀는 자유를 만끽하며 미끄러지듯이 어둠의 동굴을 나섰습니다. 왕자는 곧장 절벽 아래로 이동하려는 마녀를 만류했습니다. 등에 부드럽게 손을 얹은 왕자가 속삭였습니다.

"친애하는 그림자의 여왕님, 무방비한 상태로 출발하는 건 좋은 생각이 아닙니다. 저 아래에 어떤 적이 있는지 모르니까요. 우리를 해칠 만큼 강하거나 혹은 훼방을 놓을 만한 적이 숨어 있을 수도 있습니다. 마침 내게 마법의 망토가 있습니다. 착용하는 즉시 누구도 우릴 볼 수 없으니, 안전하고 신속하게 움직일 수 있지요. 함께

입는 게 좋겠습니다."

왕자는 마녀를 가까이 끌어당기고 허리띠에서 재의 망토를 꺼내 함께 둘렀습니다. 마녀는 끊임없는 왕자의 배려에 감사 인사를 잊지 않으며 함께 절벽 아래로 이동했습니다.

그러나 입구에서 망토를 두르는 그 짧은 새에 그들은 노출돼 버리고 말았더랍니다. 운 좋은 이라면 충분히 발견할 수 있을 정도의 시간이었거든요.

잔뜩 꼬인 연기는 오랫동안 절벽에 웅크리고 있었습니다. 단 한 번도 한눈팔지 않고 잿빛 평원을 보고 있었지요. 경계를 늦추지 않던 그는 확신했습니다. 자신의 은신처를 지나치지 않고서는 누구도 마법사의 동굴에 접근할 수 없을 거라고요. 하지만 억겁의 시간이 지나는 동안에도 기다리던 왕자는 나타나지 않았지요.

꼼짝하지 않고 감시만 하느라 거대한 눈이 쿡쿡 쑤시기 시작할 때쯤엔 해까지 져 버렸습니다. 불의 나라 요정에게 쌓인 케케묵은 원한을 갚고자 하는 간절한 열망이 없었다면 이미 마법사와의 약속을 어기고도 남았을 것입니다. 왕자가 지나가든 말든 무관심하게 누워 휴식을 취했을 게 뻔했죠.

 기다리는 시간이 길어질수록 잔뜩 꼬인 연기의 의문은 커졌습니다. 검디검은 그림자가 말하길, 불청객은 이미 국경 지대 요정의 집에 도착했다니까요. 그 말이 사실이라면 왕자는 지금쯤 동굴에 도착하고도 남아야 했습니다. 대관절 왕자가 요정의 집에 그렇게 오래 머무는 까닭을 알 수 없었지만, 그래도 연기는 지루함을 견디며 계속해서 요정의 집을 주시했습니다.

 이윽고, 몸을 배배 꼬던 연기가 끝내 숨어 있던 곳에서 몸을 일으켜 머리를 내밀었습니다. 거대한 몸이 펴지며 시야가 절로 트였더랍니다. 광활한 평야와 절벽으로 올라가는 길, 심지어 어둠의 동굴 입구까지도 보였지요. 바로 그때 마녀와 왕자를 발견한 그가 얼마나 놀랐을지 짐작이 되나

요? 눈에 익은 회색 옷을 입은 인영은 당연히 마녀였으며, 다른 한 명은 불의 나라에서 온 불청객이 분명했습니다. 검디검은 그림자가 밀한 붉은 옷을 입고 있으니, 그가 불잉걸 왕자일 게 뻔했지요. 잔뜩 꼬인 연기는 눈을 의심했습니다. 그들이 함께 있다는 말인즉, 마녀가 오라버니에게서 탈출했으며 왕자 또한 자신의 눈을 피해서 평원을 건넜다는 뜻이었거든요. 하지만 다행히도 지금 그들은 그의 손아귀에 있었습니다. 그는 막 은신처에서 나와 두 사람을 잡아채려 했습니다.

다음 순간 잔뜩 꼬인 연기는 당황하여 어쩔 줄 몰라 했습니다. 목표물이 갑자기 시야에서 사라졌거든요. 장담컨대, 그들이 동굴로 다시 들어갔을 리는 없었습니다. 동굴은 너무도 위험천만했고, 게다가 몸의 방향이 분명 평야 쪽이었거든요. 거기까지 생각한 잔뜩 꼬인 연기는 결론을 내렸습니다. 마녀와 왕자가 몸을 투명하게 만들어 절벽을 건너려는 게 분명하다고요.

어쨌든 그는 보이지 않는 적을 가두어 확실히 손에 넣는 법을 알았습니다. 몸을 약간 뒤로 뺀 연기는 오른손에 거대한 연기 기둥을 만들기 시작했습니다. 하늘을 뒤덮은 기둥이 빠르게 이동하며 한 방향으로 나아가더니, 아무런 낌새도 눈치채지 못한 왕자와 마녀의 머리 위에 자리를 잡았습니다.

동시에 그의 왼손에서는 긴 고리 모양의 연기가 만들어지는 중이었습니다. 땅을 가로지른 고리 연기는 은밀하게 움직여 잔뜩 꼬인 연기의 발을 숨겨 주었지요. 누구도 그의 위치를 눈치채지 못하도록 말입니다.

뒤에서 거대한 연기의 장벽이 빠르게 가까워질 때, 마녀와 왕자는 아무것도 눈치채지 못했습니다. 그들은 정면의 그림자 땅을 주시하느라 바빴거든요. 사악한 위험이 순식간에 그들을 덮쳤습니다.

다음 순간, 마법의 힘으로 만들어진 촘촘하고 뚫을 수 없는 연기 장막이 하늘에서 뚝 떨어졌습니다. 코앞에 드리운 그 힘은 순식간에 그들이 선 땅까지 장악했습니다. 왕자와 마녀는 손쓸 새도 없이 연기로 만들어진 공간에 갇혀 버렸지요.

그 사실을 먼저 알아차린 이는 마녀였습니다. 우연히 시선을 내리다가 문득 발 주변을 기어다니는 희미한 연기를 보았거든요. 그 연기를 보자마자 누가 벌인 짓인지 눈치챘더랍니다. 재빨리 사방을 확인한 그녀는 화들짝 놀랐습니다. 어느새 연기가 사방을 둘러싸고 있었기 때문입니다.

마녀는 왕자의 팔을 붙잡고 걱정스럽게 속삭였습니다.

"저길 보세요, 왕자님! 저 연기 안개를요! 강력한 마법사인 잔뜩 꼬인 연기의 작품이에요. 우리는 갇혀 버렸어요."

마녀의 말이 끝나기 무섭게 하늘에서 더 많은 연기가 쏟아졌습니다. 그것은 곧 튼튼한 벽이 되어 완전무결한 감옥을 만들어 버렸지요.

우두커니 선 왕자는 당황스러움에 옴짝달싹 못 했습니다. 그의 머릿속에서는 선량한 요정 친구의 경고가 맴돌고 있었지요.

"잔뜩 꼬인 연기를 조심하세요. 당신들이 통과해야 할 땅에 사는 누구보다 사악하고 무서운 자입니다." 요정은 신신당부 했더랍니다.

왕자는 거인이 언제 어떻게 자신과 마녀를 발견했는지 짐작도 할 수 없었습니다. 동굴 입구에서 잠시나마 무방비했던 때를 제외하고는 방심한 적이 없었으니까요. 어쨌든 이미 벌어진 일입니다. 적의 마법이 그들을 가뒀으며, 거인의 힘은 압도적으로 강했습니다. 이런 상황에 왕자가 가진 무기라고는 재의 망토와 불의 검뿐이었지요. 사랑하는 마녀에게 닥친 또 다른 위험 앞에서, 왕자의 용맹함은 꺼질 듯 가라앉았습니다. 그는 말 한마디 없이 새로운 적과 맞설 방법을 숙고하느라 바빴습니다.

그사이 마녀는 다시금 속살거렸습니다.

"저기 안개 속을 봐요! 잔뜩 꼬인 연기가 다가오고 있어요. 양팔을 감싼 연기가 보이나요? 목을 조르는 연기와 눈을 멀게 하는 연기예요! 우리를 찾아낸 걸로도 모자라 기어코 죽이려고 하는군요."

왕자는 곧바로 마녀를 잡아당겨 팔로 머리를 감싸며 보호하듯 끌어안았습니다. 그러자 신기하게도 사라졌던 용기가 다시금 솟아올랐습니다. 품에 안긴 마녀의 시선을 따라 고개를 돌린 왕자는 어렴풋이 어두운 구름 속에 버티고 선 거대하고 무시무시한 형상을 확인했습니다. 그가 바로 거인이자 잔뜩 꼬인 연기임이 분명했지요.

마녀가 말한 것처럼 그의 거대한 팔에 걸린 연기도 보였습니다. 누구라도 그의 심기를 건드린다면 결코 피할 수 없는 연기였지요. 거리가 어느 정도 좁혀졌을 때, 잔뜩 꼬인 연기는 우뚝 멈췄습니다. 뒤이어 날카로운 눈으로 어둠을 훑은 그는 원하는 것을

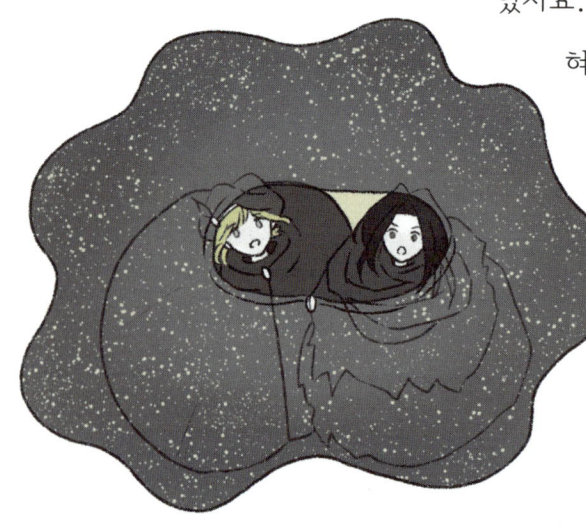

발견하지 못한 듯 보였습니다.

"우리를 보지 못하는군요, 친애하는 마녀님. 요정이 장담한 대로 망토가 제 역할을 톡톡히 하는 모양이에요." 왕자가 숨을 헐떡이며 말했습니다.

"정말 그런가 봐요. 하지만 거인에게서 벗어나려면 먼저 싸워야 해요. 그는 분명히 내 오라비와 합세해 우리를 없애 버리려고 할 테니까요." 마녀가 대답했습니다.

"내게 아직 사용하지 않은 무기가 있어요. 그것으로 거인에게 용감하게 맞서 이기고 말겠어요. 꼭 그를 무찌르고 당신에게 돌아올게요." 용감한 왕자는 마녀를 안심시켰습니다.

그러나 막 왕자가 불의 검을 뽑으려던 찰나, 마녀가 그를 만류했습니다.

"아직은 아녜요. 아직은요."

마녀는 간청했습니다.

"당신의 검이 놀라운 힘을 가졌다는 것을 알아요. 특히 그림자의 땅에서는 위력이 배가 되는 것도요. 하지만 타이밍이 중요해요. 진뜩 꼬인 연기를 제거할 수 있는 유일한 순간은 그가 연기 속에서 가장 높이 솟을 때뿐이에요. 그렇게 유도해 볼게요. 지금 공격해 봐야 헛되이 기회만 날리는 셈이니, 잠시만 검을 그대로 두고 기다려 주세요. 때가 무르익으면 신호할게요. 그때 기회를 놓치지 말고 단숨에 그를 제압하세요."

"그대가 말한 대로 하겠습니다." 한껏 상기된 마녀의 얼굴을 본 왕자는 사랑을 속삭이듯 약속했습니다.

그들이 계획을 세우는 동안, 잔뜩 꼬인 연기는 여전히 탐색 중이었습니다. 뭐라도 보일까 싶어 연기 벽만 뚫어져라 노려보고 있었지요. 머지않아 그가 큰 소리로 외쳤습니다.

"이 몸을 피해 숨어 있는 너희는 들어라. 비록 내 눈은 피했을지언정 공격까지 피하지는 못할 것이다."

그 말을 듣고 마녀는 재의 망토 아래에서 회색 소매를 들어 올려 잔뜩 꼬인 연기를 향해 흔들었습니다. 그녀가 무엇을 하려는지 종

잡지 못한 왕자는 호기심 어린 표정으로 그 모습을 지켜보기만 했습니다. 이윽고 땅에 깔린 연기 고리 사이에서 반쯤 형체를 드러낸 생명체가 거인을 향해 기어가기 시작했습니다. 마치 그의 말에 대꾸라도 하는 모양새였지요.

갑자기 낯선 인물이 등장하자 잔뜩 꼬인 연기는 깜짝 놀랐습니다. 동시에 호기심이 동해 그것을 관찰했답니다. 생명체는 어디를 보아도 왕자나 마녀와는 거리가 멀었습니다. 어차피 그들은 자신의 마법에 묶여 꼼짝도 못 할 게 분명했습니다. 거인은 자신도 모르는 새에 홀린 듯 연기 감옥으로 들어갔습니다. 그리고 경계하듯 자리를 잡고 앉아 가까워지는 생명체를 물끄러미 지켜봤습니다. 눈을 잔뜩 반짝이면서요.

그런데, 가까워지나 싶던 그것이 일순 솟아오르기 시작했습니다. 몸집을 불리며 높이 높이 치솟는 생명체는 거인처럼 보였더랍니다. 당연히 연기보다는 작고 덜 위협적일 테지만요. 머리를 숙이고 있었기 때문에 얼굴은 보이지 않았습니다.

신참을 본 잔뜩 꼬인 연기는 분노를 터트렸습니다.

"허락도 없이 감히 내 영역을 침범한 네놈은 누구냐?" 한껏 위협적인 목소리였지요.

그의 말에 그것은 아무 말도 없이 상승을 멈추더니 조용히 정지했습니다. 여전히 얼굴은 보이지 않았습니다.

"나는 대마법사이고, 너 따위는 즉시 없애버릴 만한 힘을 가졌다." 잔뜩 꼬인 연기가 거대한 손을 위협적으로 들어 올리며 외쳤습니다.

여전히 대답은 돌아오지 않았지요.

그는 즉시 목을 조르는 연기를 던졌습니다. 그러나 연기는 침묵하는 생명체의 머리를 강타하고도 아무런 해를 끼치지 못한 채로 마법사의 팔로 되돌아왔습니다. 신참을 질식시키려던 잔뜩 꼬인 연기의 의도와는 전혀 다른 결과였습니다.

첫 시도에 실패한 그는 그럼에도 좌절하지 않았습니다. 대신 눈을

멀게 하는 연기를 발사하며 말했습니다.

"이 연기가 결국 너를 끝장낼 것이다. 연기 마법사의 힘이 얼마나 위대한지 겪어 보거라." 그가 자랑스럽게 외쳤습니다.

노련한 손놀림에서 비롯된 연기가 여전히 몸을 숙인 작은 거인에게 작렬했습니다. 그러나 믿을 수 없게도, 두 번째 연기 역시 제자리로 돌아와 버렸지요. 눈을 멀게 하는 연기는 앞서 실패한 목을 조르는 연기의 옆자리를 꿰찼습니다.

잔뜩 꼬인 연기는 분노와 당혹을 동시에 느꼈습니다. 이 조용하고 무방비한 침입자에게 자신의 연기가 무용지물이라니요? 그는 이번엔 직접 거대한 몸을 움직였습니다. 강력한 팔을 뻗어 적을 휘감고 짓밟았지요. 하지만 침입자는 배배 꼬인 팔 안에서 녹아 버리더니 이전과 똑같은 모습으로 우뚝 설 뿐이었습니다.

그 직후 그것은 상승하기 시작했습니다. 연기 마법사의 어깨를 발판 삼아 몸을 날린 작은 거인은 쏜살같이 하늘로 치솟았더럽니다.

  동선을 따라 고개를 든 잔뜩 꼬인 연기는 깜짝 놀랐습니다. 침입자는 분명 불잉걸 왕자였거든요. 비록 몸은 거인에 필적한 데다가 옷 역시 마녀의 상징인 회색 옷이었지만, 얼굴만은 왕자가 분명했습니다. 마녀는 어디로 갔는지, 무슨 술수를 부렸길래 몸이 커진 건지 몰랐지만 딱히 궁금하지는 않았습니다. 그는 단지 증오해 마지않는 불의 땅에서 온 불청객을 완전히 박살 내기만을 바랐지요.

  입을 꾹 다문 거인은 무슨 수를 쓸지 고민했습니다. 침입자는 거인에 맞먹을 정도로 컸고 연기도 통하지 않았으니까요. 심지어 붙잡고 비틀려고 해도 손아귀 사이로 녹아 버리니 뾰족한 수가 없었지요. 남은 방법은 이제 하나뿐이었습니다. 그를 앞질러 위에서 누른 뒤 질식시키는 것 말입니다.

잔뜩 꼬인 연기는 즉시 나선을 그리며 빠르게 상승했습니다. 먼저 출발한 침입자를 추월하기 위해서였지요. 그래야 더 큰 힘으로 짓누를 수 있었거든요. 그러나 그가 속도를 내는 만큼 상대방  또한 더 빠르게 상승했습니다. 두 거인 사이의 거리는 잔뜩 꼬인 연기의 머리만 했습니다.

잔뜩 꼬인 연기는 움직이는 내내 위협적이고 거만하게 소리쳤습니다. 악의에 찬 사악한 눈으로 경쟁자를 노려보며 주먹을 흔들어 보이기도 했지요. 하지만 당사자는 여전히 기묘한 침묵을 유지한 채 일말의 표정 변화도 보이지 않았습니다.

한편, 왕자는 재의 망토가 제공한 은신처에서 자신의 유령을 지켜보고 있었습니다. 그는 마법으로 적을 속이는 마녀의 힘에 놀라는 중이었지요. 동시에 언제라도 그녀가 명령하면 검을 뽑을 준비를 하고 있었습니다.

유령 왕자가 더 높이 몸을 띄웠고, 뒤질세라 잔뜩 꼬인 연기도 그 뒤를 따랐습니다. 탁한 나선을 그리며 몸을 위로 꼬아 올린 연기는 작은 거인을 따라잡기 위해 애썼습니다. 그러나 유령 왕자를 추월하려는 시도는 계속해서 실패했습니다. 약이 오를 대로 오른 그는 격분하며 고함을 질렀습니다.

두 형체가 연기 감옥의 지붕에 다다르자, 왕자는 칼자루를 움켜쥐었습니다. 검을 사용할 시간이 임박했다는 걸 느꼈기 때문이지요.

"아직 아니에요, 나의 왕자님. 조금만 기다려 주세요." 마녀가 속삭였습니다.

그녀는 곧 유령을 멈춰 세웠습니다. 작은 거인과 잔뜩 꼬인 연기 사이의 거리는 딱 마녀의 팔 길이 남짓이었지요. 유령이 더 이상 나아갈 수 없다고 확신한 연기는 번개처럼 솟아올랐습니다. 재빨리 상승하여 마침내 유령 왕자의 머리 위에 올라섰지요. 그러고는 최대치로 몸을 부풀려 침입자를 덮치려고 했습니다. 크고 반듯한 기둥의 형상이 된 그가 한 발로 폴짝 뛰어올랐습니다. 뒤이어, 잔뜩 쉰 목소리가 굴뚝에 울려 퍼졌습니다.

"아하, 이제 벗어날 수 없을 것이다! 드디어 네놈도 최후를 맞는군!"

"지금이에요! 지금 공격하세요!" 동시에 마녀가 기다리던 왕자에게 나직이 말했습니다.

재빨리 망토를 던진 왕자는 불의 검을 공중으로 휘둘렀습니다. 붉게 빛나는 검은 잔뜩 꼬인 연기를 산산조각 낼 듯이 달궈진 채였지요. 요정 검의 열기가 연기의 거대한 몸을 휩쓸자 그는 곧 무력하기 짝이 없는 상태로 변했습니다. 흐릿해진 팔다리는 덜덜 떨리기까지 했습니다. 갑자기 시야에서 사라진 유령 왕자 때문에, 눈을 멀게 하는 연기가 자기 눈에 닿는지도 몰랐거든요. 연이어 목을 조르는 연기까지 입에 닿자, 천둥과도 같던 목소리까지

잠잠해졌습니다. 위에서부터 쪼그라들기 시작한 몸은 털털 떨리며 희미해졌지요. 거대한 지붕은 근처에서 나풀대며 표류하던 연기를 그대로 삼켜 버렸습니다.

 불의 검에서 흘러나온 엄청난 열기가 녹인 것은 잔뜩 꼬인 연기뿐만이 아니었습니다. 연기 장벽이 만든 감옥과 지붕, 그리고 땅에 깔린 고리 모양 연기 역시 스르르 녹아 버렸지요. 그리하여 왕자와 마녀는 자유롭게 잿빛 평원에 설 수 있게 되었습니다.

 "아, 용감한 우리 왕자님! 불의 검으로 또 한 번 대단한 승리를 쟁취했군요!" 마녀가 반짝이는 눈으로 외쳤습니다.

"친애하는 그림자 여왕님의 마법이 없었다면 불가능한 일이었지요." 왕자는 다정하게 공로를 돌렸습니다.

"당신이 없었다면 이기지 못했을 겁니다."

마녀는 상냥하게 웃으며 외쳤더랍니다.

"그럼, 우리 함께 승리한 것으로 해요."

제13장

마녀는 행복했습니다. 위험한 어둠의 동굴에서 탈출한 데다가 잔뜩 꼬인 연기까지 무찔렀기 때문이지요. 왕자 역시 모든 것을 잊고 여유를 만끽했습니다.

그러나 멀지 않은 곳에 여전히 위험이 도사리고 있었습니다. 잿빛 고블린이 왕자가 반드시 거쳐야 하는 길목마다 함정을 설치하는 중이었거든요. 제때 함정 설치를 끝내기 위해 부지런히 손을 놀리고 있었지요.

그는 틈틈이 요정의 집을 감시했습니다. 누구도 집 밖의 울타리를 넘은 적이 없다고 확신했기 때문에, 여전히 왕자가 그곳에 있다고 믿었거든요. 곱은 손으로 망토 아래를 더듬거리던 고블린은 숨겨 놓던 길쭉한 가방에서 사악한 재를 꺼냈습니다. 단독으로 사용해도 괜찮은 올가미를 만들 수 있는 재료였지요. 그는 그것을 땅에 조심스럽게 뿌리며 왕자를 확실히 붙잡기 위한 주문을 반복해서 읊었습니다. 간계의 서에 나오는 주문이었기 때문에, 누가 비밀 주문을 엿듣기라도 할까 봐 한껏 소리를 죽인 채였습니다. 손가락을 타고 흐른 재가 땅에 떨어지기 무섭게 광활히 퍼져 나갔습니다. 그러자 얇고 거미줄 같은 막이 형성되었지요. 직후에는 흔적도 없이 사라져 버렸습니다.

이 함정이란 어찌나 위험한지, 설령 누가 경계를 밟으려 하기만 해도 속수무책이었습니다. 번개처럼 빠른 거미줄이 사방에서 튀어나와 대상을 단단히 옭아매고는 올가미의 중심부까지 끌고 가 버렸거든요. 분명 왕자 역시 헛된 탈출 시도만 반복하다가 죽을 터였습니다. 이것이 바로 은밀하고 교활하게 왕자를 염탐하던 잿빛 고블린이 설치한 함정이었습니다.

모든 준비를 마친 그는 바

닥에 바짝 엎드려 주변 잿더미에 몸을 숨겼습니다. 거무죽죽한 옷과 헝클어진 회색 머리카락, 그리고 얼굴을 모두 덮은 모자까지 모두 한 몸처럼 보였지요. 고블린은 잔뜩 꼬인 연기를 생각하며 혼자 키득댔습니다. 오만한 거인은 마법사의 동굴 근처에서 오매불망 왕자를 기다릴 게 뻔했거든요. 하지만 왕자가 동굴에 도착할 리는 없었습니다. 이 엄청난 덫을 피할 수는 없을 테니까요! 왕자가 덫을 빠져나갈 수 없을 거라 믿는 잿빛 고블린은 자신만만했습니다. 설령 왕자가 탈출한대도, 그래 봤자 거인의 수중에 떨어질 테지요.

덫을 놓는 내내 희희낙락했던 고블린의 머릿속에는 오로지 하나의 생각뿐이었습니다. 드디어 숙원을 갚을 수 있다는 것이었죠. 왕자를 이기면 자신을 조롱한 마녀에게 앙갚음까지 할 수 있었거든요.

그 순간, 마녀의 직감이 위험을 경고했습니다. 선량한 요정의 망토 덕분에 안전하게 재의 평야를 건너는 중이었는데도 말입니다. 위험으로 향한다는 확신이 들자, 그녀는 잠시 멈춰 서서 사방을 둘러봤습니다. 그러나 수상한 점은 없었습니다.

그에 굴하지 않고 마녀는 날카로운 눈으로 평원을 계속 관찰했습니다. 그러다가 눈에 익은 한 형상을 발견했지요. 바로 잿빛 고블린이었습니다. 아직 그는 저 멀리서 잿더미 위로 몸을 구부린 채였습니다. 그것만 봐도 어떠한 의도가 있음이 명백해 보였지요. 마녀는 왕자를 붙잡고 숨죽여 외쳤습니다.

"저기에 잿빛 고블린이 있어요! 슬금슬금 바닥을 기는 저 모양 좀 보세요. 분명 못된 짓을 꾸민 게 분명해요. 오두막 밖으로 나온 것도 이미 이상한데, 이렇게나 멀리 나오다니요? 무슨 꿍꿍이속이 있지 않고서야 어림도 없는 일이지요."

왕자는 그제야 하마터면 영영 잊을 뻔한 말을 떠올렸습니다. 국경 지대 요정이 잿빛 고블린에 대해 경

고하길,

"잿빛 고블린을 조심하세요! 키는 작지만 매우 교활하기 때문에 무시해서는 안 됩니다."라고 했더랍니다.

그는 마녀가 가리키는 방향으로 눈을 돌렸습니다. 하지만 아무리 눈을 가늘게 뜨고 봐도 새로운 적을 찾을 수가 없었습니다.

"우리와 잿빛 평원 말고는 아무것도 보이지 않네요." 왕자가 말했습니다.

마녀는 왕자의 눈에 가볍게 손을 얹었습니다. 그리고 멀리까지 볼 수 있는 마법을 걸었지요.

"다시 보면 이번엔 보일 거예요." 마녀가 재촉했습니다.

왕자는 순순히 마녀의 말을 따랐습니다. 그러자 올가미 위로 몸을 구부린 잿빛 고블린의 추악한 모습을 분명히 볼 수 있었습니다.

"저기에 있군요. 이제야 국경 지대 요정의 경고가 기억 났어요. 고블린의 교활함을

경계하라는 진지한 충고였습니다." 그가 말했습니다.

"아, 왕자님. 당신은 충분히 조심하고 있어요. 하지만 자신의 신체적 약점을 너무 잘 아는 고블린은 결코 공정한 전투를 하는 법이 없답니다. 개방된 공간에서 싸우기보단 은밀히 숨어서 자질구레한 마법을 걸지요. 이번에도 그랬는지는 몰라도, 하나는 확실해요. 저곳을 지나야만 한다는 거지요."

"분명 함정이 우리를 기다리겠군요. 하지만 마녀님, 두려워할 필요 없어요." 왕자가 확신에 차 말했습니다.

그들은 다시금 고블린이 있는 방향으로 직진하며 시험 삼아 돌을 던져 보았습니다. 그러나 아무 일도 일어나지 않았지요. 결국 두 사람은 멈춰 서서 함정을 찾기 시작했습니다. 그러다 이내 정교한 그물망을 발견했지요. 아주 얇고 희미해서 못 보고 지나칠 뻔했더랍니다. 고블린 주변은 온통 그물망으로 가득했습니다.

마녀는 깜짝 놀라 몸을 움츠렸습니다.

"잿빛 고블린의 교활한 거미줄이에요! 저 거미줄 안으로 발을 들이면 누구도 파멸을 피할 수 없지요." 마녀가 숨을 몰아쉬며 설명했습니다.

뒤이어 왕자가 막 입을 열려던 찰나였습니다. 잿빛 고블린이 몸을 일으켰습니다. 그러더니 딱 한 줌 남은 재를 바닥에 뿌리고, 주문의 마지막 단어를 외워 모든 작업을 마무리했지요. 그는 그러고 나서야 한나절 동안 잔뜩 수그렸던 허리를 느긋이 폈습니다.

"우리 멋진 올가미, 이 훌륭한 함정 같으니! 너와 함께라면 실패할 리가 없지. 사악한 재의 비밀을 간직하는 한, 그리고 고대 주문을 잊지 않는 한 앞으로도 나와 함께일 테지." 마녀와 왕자는 고블린의 혼잣말을 듣고 있었지요.

그는 잠시 여운을 만끽하나 싶더니 다시 입을 열었습니다.

"왕자가 이 함정에 걸려들어야 할 텐데. 국경 근처를 돌아다니다 보면 분명 길을 잃을 게 뻔하니, 그때를 기

다려야겠어. 구조를 기대하는 마녀는 또 얼마나 실망할까? 건방진 마녀가 영영 감옥에 갇힌다면 마법사 역시 기뻐하겠지. 이 모든 일을 꾸민 장본인이 그토록 조롱하던 잿빛 고블린이라는 걸 제때 눈치채야 할 텐데."

의기양양하게 고개를 주억댄 그는 다시 잿더미 속에 몸을 숨겼습니다. 누구도 자신을 볼 수 없게 말이지요.

고블린의 말을 들은 마녀의 뺨이 상아처럼 창백해졌습니다. 두 손을 꼭 모은 채 왕자를 바라보는 마녀의 눈엔 고통이

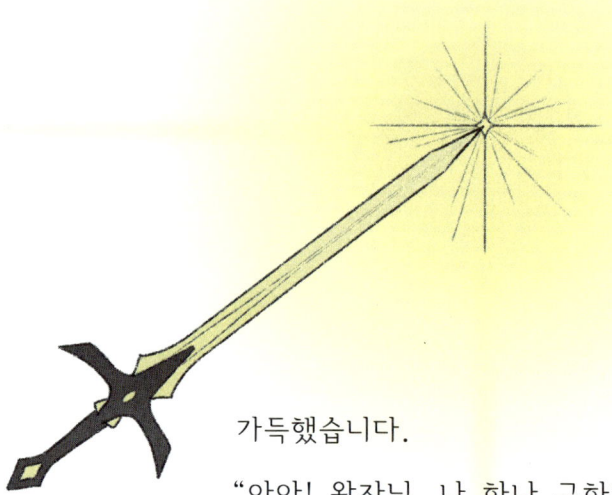

가득했습니다.

"아아! 왕자님, 나 하나 구하자고 이런 위험에 맞서게 할 순 없어요. 당신이 가진 요정의 힘은 놀라울 만큼 강하지만, 저 사악한 올가미는 너무 강력한 상대예요." 그녀가 속삭였습니다.

왕자는 웃으며 마녀를 위로했습니다.

"아직 좌절하긴 일러요, 친애하는 마녀님. 당신을 위해서 감수하지 못할 위험은 없는 데다가, 어떤 마법과 겨룬다 해도 이길 자신이 있는걸요. 항상 그렇듯, 선량한 요정의 힘은 사악한 마법을 압도하기 마련이니까요."

그는 자신감에 차 재의 망토로 만든 안전한 은신처에서 빠져나왔습니다. 동시에, 손에 든 요정 검이 붉게 달아올라 화려한 광채를 발했습니다.

웅크린 채로 요정의 오두막에 눈을 고정하고 있던 고블린은 아무런 낌새도 눈치채지 못했습니다. 두 사람이 속삭이는 것도 듣지 못했고, 왕자가 가까이 다가오는 것도 몰랐지요.

사위가 완전히 주황빛으로 물들고 나서야 비로소 몸을 일으킨 그는 빛의 출처를 찾아 두리번거렸습니다. 그러다가 우뚝 서 있는 왕자와 눈이 마주쳤지요. 요정 검이 내뿜는 불덩어리가 이미 올가미를 겨냥하고 있었습니다. 마법이 깃든 강력하고 압도적인 열기도 느껴졌습니다.

"불의 검이 발산하는 힘 앞에 잿빛 고블린의 올가미는 그 위력을 잃을지어다!" 왕자가 소리쳤습니다.

주문을 들은 고블린은 서둘러 애써 만든 그물망으로 시선을 돌렸습니다. 하지만 이미 모든 게 끝난 뒤였습니다. 그물망이 오그라들며 작아지더니 평원에서 완전히 사라져 버렸거든요.

회심의 작품이 눈앞에서 파괴되는 것을 본 잿빛 고블린은 광란의 비명을 질렀습니다. 그 순간만큼은 자신이 겁쟁이라는 것도 잊고 달려들 뻔했지요. 불의 검에서 흘러나오는 열기가 팔다리를 묶지 않았다면, 필시 그랬을 것입니다. 결국 제자리에서 꼼짝도 못 하는 처지가 된 고블린은 그저 망토 속에 얼굴을 묻을 뿐이었습니다. 왕자를 둘러싼 빛이 너무 강렬해서 눈이 멀 것 같았거든요.

왕자는 우중충한 망토를 뒤집어쓴 채로 웅크린 고블린에게 말했습니다.

"당장 떠나라. 네가 만든 사악한 올가미와 같은 꼴이 되고 싶지 않다면."

공포에 질린 잿빛 고블린은 한때 승리를 기대하던 장소에서 벌떡 일어나 도망쳤습니다. 자신의 오두막 문 앞에 이를 때까지 한시도 쉬지 않고 말이지요.

필사적으로 달려 집에 도착한 그는 실내로 들어가자마자 재빨리 문을 닫았습니다. 현관문이 요정 검의 주문을 막아 주길 바라며 빗장까지 걸어 잠갔더랍니다.

제14장

불잉걸 왕자와 마녀가 이곳저곳에서 맞닥뜨린 위험을 극복하는 동안, 굴뚝 바람은 검디검은 그림자와 한 약속을 잊지 않고 있었습니다. 마법사를 돕고 싶어 의욕이 철철 넘쳤지요.

마법사의 전령이 그를 떠나자마자, 바람은 가장 열정적이고 민첩한 산들바람 여섯 마리를 굴뚝 입구로 보냈습니다. 요정의 집을 정찰하고 왕자의 출발을 즉시 보고할 수 있도록 말입니다.

악마가 마법사의 동굴 입구를 지킬 때, 산들바람 역시 굴뚝 입구에서 경계를 섰습니다. 하지만, 평원을 가로지르며 부지런히 주변을 살폈는데도 동굴 쪽만큼이나 수확이 없었지요.

그러던 중, 이 무슨 운명의 장난인지 그들은 어느 순간 잿빛 고블린과 동시에 같은 장면을 보았습니다. 요정의 오두막 문이 천천히 열리더니 우뚝 멈추는 것을요. 그러나 아무리 기다려도

왕자는 나타나지 않았고, 다시 닫힌 문은 지금까지도 열릴 기미가 없었습니다.

굴뚝의 거친 바닥에 앉아 있던 바람은 계속된 기다림에 짜증이 나기 시작했습니다. 그가 알기로 산들바람이란 놈들은 모든 걸 즐기는 속성을 가졌지요. 코앞에서 행동을 감시할 때는 구석에서 속삭이는 게 고작이지만, 주인의 시야에서 벗어나기 무섭게 생기발랄한 춤을 추고 노래를 불렀거든요. 굴뚝 바람은 그들의 본질을 간과하지 않았습니다.

결국 그는 의심을 기정사실화했습니다. 항상 그랬던 것처럼 즐겁게 노느라 왕자를 놓친 게 분명했지요. 자신의 지엄한 명령에도 불구하고 점점 경계를 풀고 부주의해졌기 때문에 산들바람이 아무것도 보지 못한 게 틀림없었습니다.

굴뚝에 몸을 기대고 투덜대던 바람은 곧바로 산들바람에게 질문했습니다. 아직도 침입자의 흔적이 보이지 않느냐고요. 그리고, 돌아온 대답을 듣고는 역시 그들이 실수한 게 분명하다고 생각했습니다. 그는 산들바람 한 마리를 불러서 명령했습니다. 평원을 샅샅이 뒤져서 왕자가 어디에 있는지 알아내라고 말이지요. 그런데 돌아온 산들바람이 말하길, 잔뜩 꼬인 연기의 노란 안개 말고는 아무것도 못 봤다는 것이 아니겠어요?

경멸을 담아 거대한 어깨를 으쓱인 바람이 말했습니다.

"그놈이 뭘 하든 관심 없어."

길지 않은 인내의 시간이 흐른 뒤, 굴뚝 바람은 다시 한번 초조히 몸을 비틀었습니다.

"나가서 네 동료보다 더 주의 깊게 평원을 수색해. 왕자가 아직도 요정의 집에 있을 리가 없다고!" 그가 또 다른 산들바람에게 소리쳤습니다.

주인의 명을 받은 두 번째 산들바람은 재빨리 평원을 훑고 돌아왔습니다. 돌아온 그가 말하길, 땅바닥에 몸을 붙이고 있

는 잿빛 고블린 외에는 아무것도 못 봤더랍니다. 고블린이 분명 무슨 일을 꾸미고 있다나요.

"바! 그따위 소식을 전달하는 이유가 뭐야? 잿빛 고블린 같은 비참한 종자가 하는 일이 다 무슨 소용이라고. 살던 대로 보잘것없는 일이나 즐기며 살라고 해." 바람은 외쳤습니다.

면박을 당한 하인은 겸연쩍은 얼굴로 물러갔습니다. 다시 인내의 시간이 도래했습니다.

그즈음에야, 굴뚝 입구에서 경계를 서던 산들바람 역시 불안해지기 시작했습니다. 오랫동안 아무것도 발견된 게 없었으니까요. 왕자가 어떤 마법을 써서 감시를 피했다고 의심하는 중이었지요.

그는 문득 요정 집의 문이 열린 사건을 떠올렸습니다. 분명히 아무도 나오지 않았지만, 그대로 문이 닫혀 버렸지요. 주인에게 그 사건을 보고할 생각도 못 했던 모든 산들바람은 잔뜩 당황한 채로 우왕좌왕했습니다.

결국 그들 중 누구보다 용감한 산들바람이 용기를 내서 바람을 찾아갔습니다.

"뭐라고! 너희는 그렇게나 중요한 것을 보고도 내게 한마디도 하지 않았던 거냐? 그건 마법이야! 불 보듯 뻔하게 왕자는 이미 탈출한 거라고. 네놈들이 두 눈을 시퍼렇게 뜨고 감시하는 지금 이 순간에도 평원에 있을지 모른다는 말이다!" 바람은 분노의 폭풍우를 일으키며 비명을 질렀습니다.

그는 소식을 전한 산들바람을 집어 던지고 굴뚝 입구로 달려갔습니다. 그러고는, 입구에 남은 산들바람을 골고루 두들겨

패고 평원으로 돌진했습니다. 짐작이 맞는지 확인해야 했거든요. 왕자와 마녀는 막 평원의 굴뚝 입구를 지나치는 중이었습니다.

그리하여 국경 지대의 요정이 우려했던 일이 현실이 되었습니다. 제작 요정의 주문은 예리한 바람의 눈을 속이지 못했고, 그가 일으킨 거친 돌풍에 마법이 깨져 버렸거든요. 굴뚝 바람은 그것에 그치지 않고 망토를 빼앗아 돌돌 만 뒤 재 가루로 만들었습니다. 그러고는 왕자와 마녀를 국경 지대의 끄트머리로 몰아넣었지요.

그들은 가장 강력한 적 앞에 꼼짝없이 노출되고 말았습니다.
그러나, 왕자는 새로운 적의 정체가 궁금하지도 않았고, 그가 두렵지도 않았습니다. 재빨리 마녀를 자기 뒤로 숨긴 왕자는 불의 검을 손에 쥐었습니다. 바람이 다가오기만을 기다리면서요. 그건 마녀 역시 마찬가지였지요.

굴뚝 바람은 큰 소리를 내며 그들의 머리 위로 들이닥쳤습니다. 왕자는 끔찍한 첫 공격을 굳건히 버텼습니다. 바람은 다시금 무기를 빼앗을 심산으로 달려들었습니다. 그러자 왕자의 검에서 크고 아름다운 한 줄기 주황 불꽃이 솟아올랐습니다. 공격이 거듭될 때마다 불꽃은 점점 더 높은 장벽을 이루며 치솟았지요. 분노한 바람이 몸을 부딪칠수록 검의 힘과 찬란함은 더욱 빛났습니다. 강력한 바람 속에서 흐르는 열기는 강해지기만 했지요.

겁을 먹은 바람은 잠시 물러났습니다. 그러다 불꽃이 약해지는 것을 보고는 다시 용기를 내어 공격했죠. 하지만 의미 없는 시도였습니다. 왕자가 제대로 검을 휘두르며 용감히 맞섰거든요. 불의 벽이 솟아올라 열기를 뿜는 방어막이 되어 왕자를 지켜 주었습니다.

바람의 공격 탓에 바로 뒤에 있던 마녀의 구름 같은 머리카락이 나풀거렸습니다. 그러나 왕자가 가까워지자,

금세 차분히 어깨 너머로 흘러내렸지요. 부유하는 깃발처럼 마녀의 주변을 맴도는 붉은 불꽃이 그녀의 회색 옷과 긴 소매를 같은 색으로 물들였습니다.

격렬한 싸움의 소음도 마녀의 다정한 응원을 지우지는 못했습니다. 덕분에 왕자의 용기는 꺾일 줄을 몰랐지요.

전투는 점점 더 격해졌습니다. 한쪽에서는 무가치한 분노, 거친 고함, 거만한 과시로 서서히 힘을 낭비하고, 반면에 다른 한쪽은 확고한 용기와 침묵 그리고 사그라지지 않는 자신감을

가지고 싸웠습니다.

내내 굴뚝 바람은 자신이 패배하는 일은 없을 거라고 확신했습니다. 그러나 점차, 경멸해 마지않던 이 침입자가 무적일지도 모른다는 생각이 들었답니다. 굴욕적이고 우울하기 짝이 없는 결정이었지만, 그는 결국 질 것이 뻔한 싸움을 포기하기로 했습니다. 마지막으로 분노와 불만의 비명을 남긴 바람은 서둘러 굴뚝 속 깊은 곳으로 몸을 던졌습니다. 그의 비명은 평원의 가장 먼 곳까지 울려 퍼진 후 국경지대를 가로지르며 메아리쳤더랍니다.

왕자가 검을 들어 올리자 마녀는 재빨리 옆으로 다가갔습니다. 다시 한번 목숨을 구해 준 데 감사 인사를 하기 위함이었지요. 하지만 이미 수없이 많은 감사 인사를 한 뒤였기 때문에

왠지 바보 같아 보일 것만 같았습니다. 마녀는 그래서 왕자의 손 위에 자기 손을 얹고 그의 사랑스러운 얼굴을 조용히 들여다보기만 했답니다.

손에서 전달되는 마음을 느낀 왕자는 마녀를 향해 몸을 굽히며 말했습니다.

"친애하는 그림자 여왕님, 당신을 섬기는 것이 나의 가장 큰 기쁨입니다. 이제는 더 이상 두려워할 만한 적이 없군요. 드디어 당신을 집에 데려다줄 수 있겠어요."

제15장

여행을 재개한 마녀와 왕자의 얼굴은 너 나 할 것 없이 행복에 가득 차 있었습니다. 여전히 잿빛에 황량하기 이를 데 없는 평원을 가로지를 뿐이었지만, 그 길마저 환하게 빛나는 것 같았더랍니다. 이제는 그들을 막아 세울 만한 어떤 위험도 없으니, 편히 걷기만 하면 됐거든요.

왕자와 유쾌한 대화를 나누며 걷는 마녀의 얼굴에는 진심으로 행복한 사람만이 내뿜는 광채가 흘렀습니다. 입에서는 나직하고 또렷한 웃음소리가 튀어나오곤 했지요. 이 땅의 사악한

요정들의 웃음소리와는 차원이 다른 소리였습니다. 귓가에 메아리치는 조롱 섞인 웃음이 아닌 세상의 모든 감미로운 소리를 모아 놓은 것 같은 웃음이었답니다. 부드러운 불의 속삭임이 깃털처럼 날아올라 한데 모인 것 같기도 했습니다. 왕자 역시 절로 행복해지는 그런 웃음이었습니다. 세상 어떤 기쁨의 노래를 모은들 그만큼 사랑스러운 노래는 없을 터였습니다. 바로 옆에서 미끄러지듯 움직이는 몸짓은 또 어떻고요! 평생토록 바라봐도 절대 질리지 않을 자태였습니다.

마침내 그들은 그림자의 땅에 도착했습니다. 창백한 나무를 품은 정원이 눈앞에 펼쳐졌고, 그 너머로 고개를 내밀고 있는 그림자 궁전의 회색 탑이 보였습니다.

궁전에 가까워질수록 대화는 점점 줄어들었습니다. 웃음마저 자취를 감췄습니다. 괴로운 생각으로 가득 찬 마음이 시간이 갈수록 무거워졌기 때문입니다. 곧 왕자와 헤어져야 한다는 생각 말입니다. 그는 이제 아름다운 땅의 궁전으로 돌아가야 했

습니다. 과거의 그녀가 애타게 그렸던 그 아름다운 나라로요.

 자신을 구출하러 감옥에 온 왕자를 처음 본 순간, 마녀는 사랑에 빠져 버렸더랍니다. 이전까진 단 한 번도 느껴 본 적 없는 감정이었지요. 그녀는 왕자 역시 같은 마음일 거라 확신했습니다. 자신을 바라보던 눈이나 속삭이던 어조만 봐도 그랬지요. 그가 '친애하는'이라는 말을 얼마나 많이 했던가요? 게다가 저를 위해 이미 몇 번이고 목숨의 위험을 감수하기까지 했습니다.

 그러나 다음 순간, 마녀의 눈은 슬프게 가라앉았습니다. 왕자가 함께 불의 땅으로 가자든가 신부가 되어 달라는 말을 하지 않았거든요. 성큼 앞으로 다가온 이별을 생각하면 마음이 찢어질 듯 고통스러웠습니다.

걷잡을 수 없는 슬픔이 터져 나올까 두려워 차마 입을 열지도 못했습니다.

마녀는 자신이 회색 마법의 피조물이자 해악을 끼치는 마녀라는 사실을 되뇌었습니다. 누구나 고귀한 마법을 쓰는 기쁨과 광채로 가득한 땅의 왕자라면, 당연히 밝고 티 한 점 없는 누군가가 왕자의 신부가 되지 않겠어요? 신부는 분명 불의 땅 출신일 게 뻔했지요. 불의 나라에 살기는커녕 그곳을 상상하기도 어려운 자신에게는 어림도 없는 자리였습니다.

그곳에 관해 마녀가 아는 것이라고는 빛의 왕자와 하얀 불꽃 공주, 그리고 눈앞의 불잉걸 왕자뿐이니까요. 그러나 그들만 보아도 불의 땅이 얼마나 대단한 나라인지는 짐작하고도 남았습니다.

 초라함을 느낀 마녀는 고개를 떨궜습니다. 생각하면 할수록, 이토록 빛나고 고귀한 왕자가 자신의 짝이 될 리는 없었거든요. 대신 그녀는 결심했습니다. 왕자가 고향으로 돌아간 즉시, 불의 땅으로 떠나기로요. 수도까진 가지 못해도 최소한 국경 지대에라도 터를 잡을 생각이었습니다. 그렇다면 가까이서 그 땅의 광채를 조금이나마 누릴 수 있을 터였죠. 운이 좋다면 선한 마법을 배울 수 있을지도 몰랐습니다. 더 이상 살던 대로 살 수는 없었습니다.

 왕자는 입을 꾹 다문 마녀를 물끄러미 바라보았습니다. 그녀가 무슨 생각을 이다지도 골똘히 하는지 궁금하기도 했습니다. 마녀는 고민하는 모습도 세상에서 가장 사랑스럽고 아름다웠

더랍니다. 곁에 두고 싶은 단 한 사람을 꼽으라면 당연히 마녀였죠.

어느새 두 사람은 궁전 정원에 다다랐습니다. 왕자가 걸음을 멈추자, 마녀 역시 조용히 그 옆에 섰습니다.

왕자가 마녀의 손에 입을 맞추며 말했습니다.

"그림자 여왕님, 마침내 무사히 당신의 영토에 도착했네요."

이별을 직감한 마녀는 고통스럽게 숨을 들이쉬었습니다. 이 순간을 견디지 못할 것만 같았지요. 그녀는 어떤 말도 하지 않았습니다. 여전히 슬픔의 파도에서 허우적거리느라 바빴거든요. 이별을 마주할 용기가 없어서 푹 숙인 고개는 미동도 하지 않았습니다.

그런데, 왕자는 멀어지기는커녕 더욱 가까워졌습니다.

"친애하는 마녀님, 사랑하는 당신을 두고 이렇게 떠날 수는 없습니다.

그러나 이 회색 땅에 함께 머물 수는 없어요. 나와 함께 빛의 땅으로 가요. 부디 나의 신부이자 공주가 되어 주세요."

너무 겸손한 그녀는 예기치 못하게 들이닥친 행복을 곧장 받아들이지 못했더랍니다. 얼마간의 시간이 흐른 뒤에야 벅찬 기쁨에 휩싸였지요. 그리고 이번엔 다른 의미로 말을 잃었습니다.

무슨 실수라도 했나 싶었던 왕자는 마녀 쪽으로 몸을 기울였습니다. 마녀도 자신을 사랑한다고 생각했는데, 사실은 제가 그저 간절히 바라던 대로 믿은 걸까 봐 두려워졌거든요.

"제발 무슨 말이라도 해 주세요, 마녀님. 하지만 어떻게 나 혼자 떠날 수 있겠어요? 이 우울한 잿빛 나라에 당신을 두고 가다니요? 이대로 헤어질 수는 없어요. 내 심장의 유일한 주인인 당신 없이는 세상 그 어떤 빛이든 무의미하니까요." 그는 간청하듯 말했습니다.

절절한 구애를 들은 마녀는 더 이상 망설이지 않았습니다. 사랑이 넘실거리는 눈을 숨기지 않고 드러내며 왕자를 향해 손을 뻗었지요. 그리고 넘치는 기쁨으로 온몸이 덜덜 떨렸지만 부드러운 목소리로 마음을 전했습니다.

"당신이야말로 하나뿐인 나의 왕자님이에요. 누구보다 사랑스럽고 빛나는 왕자님, 당신이 없다면 그 어딘들 집이라고 할 수 있겠어요?"

또 한 번 마녀에게 반한 왕자는 어떤 말도 하지 못했습니다. 불편하지 않은 침묵이 두 사람 사이를 맴돌았습니다.

그들은 잠시 정원에 서 있었습니다. 서로의 마음을 확인한 기쁘기 그지없는 순간을 만끽하면서 말입니다. 마녀와 왕자의 순수하고 무결한 사랑이 어두컴컴한 골목과 우중충한 나무를 밝게 비추는 것만 같았습니다.

문득, 떠나기 전에 해야 할 일을 떠올린 마녀가 부드럽게 말을 꺼냈습니다.

"들어 봐요, 왕자님. 이렇게 오랜 시간이 흘렀는데도 궁전에는 여전히 나를 기다리는 하인들이 있어요. 진심으로 주인을 섬기는 충직한 이들이지요. 그런 그림자들에게 한마디 말도 없이 떠날 수는 없어요. 특히 일렁이는 그림자는 얼마나 비통해 하겠어요? 영영 떠나 버릴 거라면 먼저 그들에게 작별 인사를 해야 해요."

마녀와 왕자는 그렇게 그림자 궁전을 향해 출발했습니다. 그리고 도착하기 직전 누군가와 마주쳤습니다. 정원 길을 따라 늘어선 길쭉한 관목 사이로 보이는 어렴풋한 형체는 분명 일렁이는 그림자였습니다.

그녀는 홀로 주인이 사랑한 산책길을 거닐고 있었습니다. 왕자가 과연 약속을 지킬 수 있을지 두려워하면서요.

'아아, 정말로 희망이란 있는 걸까? 왕자 혼자서 사악한 마법사와 그의 수많은 동료를 무찌른다는 게 가능한 걸까?' 일렁이는 그림자는 생각했습니다.

그녀는 의심스럽다는 듯이 고개를 젓다 문득 고개를 들어 정원에 난 길을 바라봤습니다. 볼 때마다 항상 마녀가 무사히 귀환할 수 있기를 기도하는, 익숙한 길이었습니다.

"저것 좀 봐요. 착하고 충실한 일렁이는 그림자예요. 여전히 나를 기다리고 있어요!" 그 모습을 본 마녀가 연인에게 외쳤습니다.

순간 마녀와 눈이 마주친 일렁이는 그림자가 크게 고함을 질렀습니다. 소리가 어찌나 크던지 정원에 울려 퍼지는 것을 넘어서 궁전 홀까지 다다를 정도였지요. 한달음에 달려온 그녀는 서둘러 주인의 발치에 몸을 던졌습니다. 무한한 감사와 황홀을 느끼며 기쁘게 무릎을 꿇었지요.

"주인님, 아아, 사랑하는 주인님! 드디어 돌아오셨군요!"

뒤이어 궁전 문이 열리더니 온 사방에서 그림자들이 미끄러지듯 뛰쳐나왔습니다. 그들 역시 마녀를 보자마자 기쁨의 함성을 터트렸습니다.

 배신자 검디검은 그림자도 그 사이에 있었습니다. 마녀가 영원히 갇혀 있을 줄 알고 배신까지 했건만, 이게 무슨 날벼락 같은 일인지요! 서둘러 달려온 검디검은 그림자는 왕자를 발견하고 실패를 직감했습니다. 계획이 성공했다면 왕자가 이곳에 있을 리가 없었지요.

 검디검은 그림자는 즉시 몸을 돌렸습니다. 당장 마법사에게 달려가 마녀의 귀환을 알려야 했거든요. 그러나 다리가 움직이지 않았습니다. 마녀가 여태껏 한 번도 들어 본 적 없는 기이한 주문으로 그녀를 붙잡았기 때문입니다.

 "드디어 자유의 몸이 되었다는 것을 알려 주고자 들렀어. 또한, 그간 충실히 자리를 지킨 너희들에게 작별 인사를 하려고 해." 마녀가 말했습니다.

 그림자들은 깜짝 놀라 웅성거렸습니다. 작별 인사라니 대체 무슨 의미일까요?

 마녀는 말을 이었습니다.

 "이 선량한 왕자님 덕분에 빛과 기쁨이 주는

진정한 행복을 알게 됐어. 더 이상 잿빛 땅에 살면서 회색 마법을 쓰며 살고 싶지 않아."

　더 자세히 설명하고자 했지만, 물밀듯 몰려오는 슬픔에 말을 이을 수 없었습니다. 그림자들 역시 애통하게 몸을 흔들며 흐느꼈습니다. 울부짖던 그들은 이내 주인의 발치에 몸을 던졌지요.

　마녀는 애정과 연민 어린 시선으로 그들을 바라보았습니다. 그림자들은 단순한 하인이 아니었습니다. 그들은 마녀의 친구이기도 했지요. 과연 이들을 두고 왕자와 함께 떠날 수 있을까요? 고작 위로의 말 몇 마디를 남긴다 한들 대체 무슨 의미가 있을까요? 순간 고통과 전율이 마녀의 마음을 관통했습니다. 행복한 미래를 그리며 느꼈던 넘치는 기쁨마저 누그러트릴 정도였지요.

　그때 왕자가 도움의 손길을 내밀었습니다.

　"불의 땅이 가진 빛과 기쁨은 진실하고 충실한 자라면 누구나 누릴 수 있습니다." 그는 선언했습니다.

　"사랑하는 주인을

따라 새로운 보금자리에 살고자 하는 이들은 따라와도 좋다."

그보다 더 나은 위로의 말은 또 없었습니다. 마녀는 애정 어린 감사를 담아 왕자를 바라봤습니다. 깊은 슬픔에 빠졌던 그림자들 역시 헤아릴 수 없는 기쁨을 느꼈답니다. 그들은 회색 망토를 펄럭이며 벌떡 몸을 일으켰습니다.

"오, 관대하신 왕자님. 우리는 충실한 종으로서 기꺼이 주인님의 뒤를 따를 것입니다."

모두가 그렇게 외치는 사이, 검디검은 그림자만 조용했습니다. 엎드린 채 고개를 숙인 그녀의 얼굴에는 슬픔이나 기쁨의 흔적이 전혀 없었습니다. 대신 채 지우지 못한 분노가 엿보였지요. 마녀의 귀환에 성이 머리끝까지 난 그녀는 그저 침묵했습니다.

그러다가 마녀의 출발이 성큼 눈앞으로 다가오자 내심 기뻐했습니다. 때맞춰 모종의 계획을 세웠거든요. 어쨌든 주인이

완전히 떠나기 전까지는 감정을 억눌러야 했습니다. 그래야 제 때 원하는 것을 얻을 수 있을 테니까요.

다행히 오래 기다릴 필요는 없었습니다. 왕자의 맑고 찬란한 목소리가 출발을 알렸거든요.

"더 이상 지체하지 말지요. 우리 왕국에서도 오랫동안 자리를 비운 나를 기다리고 있을 테니까요. 신부와 함께 헌신적인 하인들까지 함께 돌아가다니, 분명 선량한 요정들 역시 크게 반기겠군요."

그림자 정원을 나선 마녀와 왕자는 손을 잡고 함께 불의 나라로 떠났습니다. 아름다운 동화 나라에 살고자 하는 그림자 무리도 뒤를 따랐지요. 하지만 어디에도 검디검은 그림자는 없었습니다. 그녀는 왕자의 말이 끝나기 무섭게 조용히 사라져 버렸거든요.

검디검은 그림자의 부재를 눈치챈 마녀는

그녀를 찾아 뒤를 돌아봤습니다. 그러다가 서둘러 마법사의 동굴로 달려가는 어두운 형체를 목격했지요. 두말할 필요도 없이, 검디검은 그림자였습니다. 마녀는 이해심 가득한 미소를 지으며 침묵했습니다. 비록 아무 말도 하지 않았지만, 마법사가 말한 배신자는 분명 그녀라고 짐작하고 있었거든요. 아마도 또 한 번 같은 짓을 하려는 게 분명했습니다.

'원하는 대로 하게 두자. 더 이상 우리에게 해를 끼칠 수 없을 테니.' 마녀는 생각했습니다.

한편 왕자는 요정에게 큰 빚을 졌다는 사실을 여전히 잊지 않고 있었습니다. 그는 국경 지대를 통과할 때, 꼭 요정의 집에 들러 감사 인사를 해야겠다고 다짐했습니다. 재의 망토가 없었다면 모험은 성공하지 못했을 테니까요. 그러나 요정이 한 발 앞섰습니다. 떠나는 행렬을 본 그가 먼저 그들에게 다가왔

거든요. 그는 모두에게 인사를 건네고 왕자의 말을 들었습니다. 그동안 겪은 일과 앞으로의 계획을 말입니다.

"아아, 재의 망토는 어찌나 놀랍던지요!" 왕자는 말을 마치며 탄식했습니다.

"굴뚝 바람이 망토를 빼앗아 재 가루로 분해하지 않았다면 얼마나 좋았을까요."

요정이 빙그레 웃었습니다.

"그건 별로 놀랍지 않군요. 있을 법한 일이니까요. 어쨌든 제작 비밀은 여전히 국경 지대 요정만 알고 있습니다. 언제든 필요할 때, 또 망토를 만들어 드리지요."

요정은 통통한 손을 마녀에게 내밀었습니다. 마녀는 친절하게 그 손을 맞잡으며 외쳤지요.

"아, 착하고 친절한 친구여! 당신의 충실한 우정에 어떻게 보답할 수 있을까요!"

요정은 마녀의 사랑스러운 얼굴을 바라보며 진심으로 말했습니다.

"굳이 말하자면 나는 이미 커다란 보상을 받았습니다. 당신이 자유를 되찾고 비로소 행복이 무엇인지 알게 됐으니까요. 그거면 충분해요."

그 뒤 그들은 작별 인사를 나눴습니다. 요정은 그들이 시야에서 사라질 때까지 지켜봤답니다.

그들이 불의 나라로 출발했을 무렵, 그동안 한시도 쉬지 않고 움직인 검디검은 그림자가 막 어둠의 동굴에 도착했습니다. 입구를 지키던 악마들은 아직 그곳에 있었지요. 막 잠에서 깨어난 그들은 혼란스럽게 눈을 비비고 있었습니다. 꿈속을 헤매는 동안 무슨 일이 벌어졌던 걸까요. 잔뜩 겁을 먹은 악마들은 서로 속삭이며 두려움에 떨었습니다.

"이제 입구를 지킬 필요는 없겠네. 왕자의 침입을 막는 게 너희들의 임무 아니었나? 그는 이미 마녀를 데리고 탈출해 버렸다고."
검디검은 그림자가 그들을 지나치며 쏘아붙였습니다.

그러고는 잔뜩 흥분한 악마들의 질문을 무시하며 곧장 동굴 홀로 달려갔습니다.

창백하고 지친 얼굴의 마법사는 의자에 똑바로 앉아 있었습니다. 그의 주변에는 온통 악마가 가득했지요. 검의 주문에 당해 아치형 방에 묶였던 악마들이었습니다. 주문의 내용대로, 마녀가 자기 땅에 도착하기 무섭게 마법이 풀린 것이지요. 바로 그때 사지가 묶여 바닥에 널브러져 있던 주인이 그들을 불렀더랍니다. 악마들은 덜덜 떨면서도 서둘러 주인에게 달려왔고, 그 뒤로는 검디검은 그림자가 본 대로입니다. 그들이 힘을 모아 주인을 의자에 앉힌 지 얼마 되지 않았거든요.

"마법사님! 어딜 가도 이방인이 승리했다는 말뿐이에요! 잔뜩 꼬인 연기는 흩어져 버렸고, 잿빛 고블린도 패배했지요! 굴뚝 바람은 온데간데없다고요! 심지어 왕자는 당신 동생을 신부 삼아 불의 땅으로 건너가고 있어요. 마녀뿐만 아니라 모든 그림자 하인을 이끌고요." 검디검은 그림자가 무례하게 소리쳤습니다.

"그래서 뭐 어쩌라고?" 마법사는 그녀를 노려보며 으르렁거렸습니다.

"그놈들이 어떻게 되든지 신경 안 써. 다시 돌아와 나를 괴롭히지 않으면 그만이다."

검디검은 그림자는 지지 않고 말했지요.

"그렇다면 난, 당신 동생의 영토를 가지겠어요. 내 명령에 복종하는 동료들을 골라 그곳을 다스릴래요."

인내심을 잃은 마법사는 쏘아붙였습니다.

"그러든지 말든지. 할 말 끝났으면 썩 꺼져. 쉬는데 방해하지 말고."

검디검은 그림자는 병약한 마법사와 그를 둘러싼 하인을 뒤로한 채 재빨리 동굴을 떠났습니다. 오랫동안 품은 소중한 계획을 실행하기 위해서 말이지요.

제16장

붉은 불꽃 왕의 정원에 눈부신 정오의 햇살이 내려앉았습니다. 나무는 구름 한 점 없는 하늘을 향해 가지를 흔들었고, 꽃은 밝은 황금빛 태양을 향해 아름다운 머리를 치켜들었습니다. 꽃이 만발한 관목 사이로는 불타는 석탄 궁전도 보였습니다. 높은 탑과 화려한 벽이 햇살을 받아 빛났지요. 마치 가까워지는 왕자와 마녀를 환영하듯 말입니다. 뒤를 따르던 그림자 무리는 그 경이로운 광경에 숨을 죽였습니다.

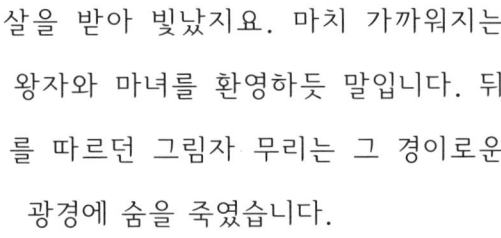

궁전 안에는 붉은 불꽃 왕이 보석으로 장식된 왕좌에 앉아 있었습니다. 그는 공주가 부르는 노래를 듣는 중이었지요. 공주의 옆에 선 빛의 왕자도 노래에 푹 빠져 있었습니다. 첫 소절부터 귀를 뗄 수 없게 만드는 공주의 노래는 처음부터 그의 마음을 사로잡았더랍니다. 절묘한 목소리는 몇 번을 들어도 질리지 않았지요. 궁전과 정원에서 바쁘게 일하는 불의 요정들 역시 그 선율을 듣기 위해 이따금 멈추곤 했습니다. 이미 온 마음을 바쳐 공주를 사랑하는 그들은 언제나 기쁘게 노래를 들을 준비가 되어 있었답니다. 그들 사이, 왕의 전령인 돌진하는 불꽃 역시 귀를 쫑긋 세우고 있었습니다. 공주의 노래를 한 음이라도 놓치지 않기 위해서요. 하지만 주인이 명령하면 언제라도 뛰어나갈 만반

의 준비를 한 채였지요.

그때 궁전 아래쪽 창문 너머로 수많은 발소리가 들려왔습니다. 직후엔 환영의 함성이 공기를 찢을 듯 울려 퍼졌지요.

공주가 노래를 멈추고, 왕실의 모두가 일제히 몸을 일으켰습니다. 이토록 큰 소동이 생길 만한 일이라고는 불잉걸 왕자의 귀환밖에 없었거든요. 뒤이어 돌진하는 불꽃이 붉은 형상을 그리며 그들 앞에 나타났습니다.

"폐하, 불잉걸 왕자가 돌아왔습니다."

그의 말이 채 끝나기도 전에 왕자와 마녀가 궁전 홀로 들어

섰습니다. 그 뒤로 활주하는 그림자 무리가 연이어 나타났습니다. 현자와 선량하고 오래된 회색 연기, 그리고 수많은 불의 요정도 그 뒤를 따랐지요. 평소에는 절대 볼 수 없는 손님들이 궁전에 모여들었습니다. 그림자들을 맞이하기 위해서, 또 왕자의 용감한 모험담을 듣기 위해서 모인 이들이었습니다.

마녀를 향한 사랑을 숨김없이 드러내며 왕자는 신부를 왕 앞으로 이끌었습니다. 마녀는 어느 때보다 아름다운 모습이었습니다. 칠흑빛 머리카락은 회색 망토 위에 풍성하게 늘어져 있고, 두 뺨은 진홍색 홍조로 뒤덮인 채였지요. 그녀의 검은 두 눈은 부드럽게 빛났답니다.

마녀의 아름다움을 한눈에 알아본 왕은 체통도 잊고 직접 그녀를 맞이했습니다. 조카가 그녀를 소개하기도 전에 먼저 따뜻한 인사를 건네며 환영했지요.

"공명정대한 그림자 공주여, 환영하오. 그리고 그대를 따르는 일행 역시 반갑소."

왕은 그 후 조카에게 깊은 애정을 드러냈습니다.

"돌아왔구나, 친애하는 불잉걸.

세 번 환영해도 아깝지 않구나. 오랫동안 그대의 무사 귀환을 기다리고 바랐으니 말이다."

"정말로 잘 돌아왔고, 환영합니다."

빛의 왕자가 연이어 왕자와 마녀의 손을 잡으며 진심으로 외쳤습니다. 그는 좋은 친구들을 다시 만나 정말 기뻤습니다.

온화한 하얀 불꽃 공주는 마녀와 포옹했습니다. 그리고 자신이 붙잡혔을 때 겪은 인고의 시간을 떠올리며 자매처럼 마녀에게 키스했지요.

왕이 자초지종을 궁금해하자 왕자는 겪은 일을 처음부터 끝까지 이야기했습니다. 그가 말하는 동안 좌중엔 깊은 침묵이 흘렀지요. 모두가 깊은 관심을 보이며 귀를 기울였습니다. 한때 머나먼 땅을 여행한 적이 있는 빛의 왕자와 하얀 불꽃 공주는 불잉걸의 임무가 얼마나 막중했는지 완벽히 이해했습니다. 같은 고난을 거친 적이 있는 그들이기에 가능한 공감이었지요.

현자는 자신의 선물과 조언이 도움이 됐다는 것을 알고 만족스럽게 고개를 끄덕였습니다. 또한 그 덕에 모두가

안전하게 돌아와 아주 흡족해했지요.

마침내 왕자가 사랑하는 마녀와의 결혼 소식을 알렸습니다. 붉은 불꽃 왕은 크게 기뻐했습니다. 아름다운 마녀가 아주 마음에 든 왕은 다음과 같은 명령을 내렸습니다.

결혼식은 최대한 빠르게 치르도록 하여라.

그리하여 바로 그날, 불잉걸 왕자와 그림자 마녀의 혼인 잔치가 열렸습니다. 오래된 회색 연기 가문의 안주인이 요정의 손재주나 마법 못지않은 화려한 재주를 뽐냈지요.

그 옆에서 한두 마디 거들던 현자는 기어코 보물 상자를 열어 오래되고 귀중한 선물을 건넸습니다. 불의 요정들은 경쟁이라도 하듯 결혼 준비를 도왔고, 그림자들 역시 그들 사이를 누비며 바삐 움직였습니다. 주인의 기쁨을 반영하듯 그들의 얼굴은 찬란한 행복으로 빛나고 있었습니다.

 모든 요정은 그림자들에게 친절을 베풀었습니다. 고향을 떠나 낯선 불의 땅으로 이주한 그들이 편안함을 느낄 수 있도록 말입니다. 그림자들은 그들의 마음을 느끼고 아름답고 선량한 요정이 가득한 동화 나라에 연신 감탄했습니다. 마침내, 결혼식이 불타는 석탄 궁전에서 거행되었습니다. 붉은 불꽃 왕이 직접 신부의 손을 잡고 입장했더랍니다.

 화려한 결혼식이 끝나고, 왕자는 마녀와 함께 즐거운 환호 궁전으로 출발했습니다. 왕자의 영지는 이미 궁전의 모든 요정이 밖으로 나와 가득 차 있었습니다. 마녀와 그림자들을 맞이하기 위해서 말입니다. 저 멀리, 궁전의 높다란 황금 문에 걸린 결혼 기념 횃불이 보입니다. 거대하

고 순결한 황금빛 불꽃은 오래도록 꺼지지 않았더랍니다.

　왕자와 함께 화려한 영지로 진입하던 마녀에게 어떤 변화가 생겼습니다. 길게 늘어진 회색 망토가 영영 사라져 버리더니 영광의 망토가 그 자리를 채운 것입니다. 진홍색 바탕에 장미와 자수정이 수놓인 망토 위, 다채로운 색조가 아름답도록 빛났

습니다. 그녀를 따르던 그
림자들의 복식도 다소 변했습
니다. 거칠기만 하던 옷감이 어찌나
깨끗하고 부드러워졌는지, 옷에 마녀의 사랑
스러운 얼굴이 다 비칠 정도였지요.

 잉걸불 요정들의 환호성을 들으며 빛나는 거리를 지나 그들은 드디어 즐거운 환호 궁전에 도착했습니다. 모든 포탑에는 불타는 깃발이 걸려 있었고, 모든 창문에서 붉게 빛나는 빛이 반짝였지요.

 활짝 열린 황금 문 앞에 선 왕자가 몸을 굽혀 마녀에게 부드럽게 키스했습니다. 그러고는 조용히 속삭였지요.

"들어갈까요, 친애하는 마녀님? 사랑이라는 값진 보물로 제 삶을 함께 빛내 주세요."
마녀는 행복한 광채를 뿜으며 즐거운 환호 궁전에 입성했습니다. 머나먼 길을 걸어 마침내 사랑하는 왕자와 함께 선한 마법의 나라이자 마음의 고향에 도착한 것입니다.

옮긴이의 말

그림자 속에 머물다
그림자 밖으로 나가다

그림자에서 태어난 마녀는 주어진 환경과 삶의 방식에 순응하던 인물입니다. 빛 한 점 들지 않는 땅, 거리낌 없이 쓰이는 사악한 마법, 남을 괴롭히는 일을 미덕으로 삼는 주변인들 속에서 그녀는 그런 삶을 의심치 않고 받아들입니다. 만약 정반대의 삶을 살아가는 인물과의 우연한 만남이 아니었다면, 여전히 그 익숙한 일상에 머물렀을 것입니다.

그러나 그 만남 이후, 마녀는 자신이 살아온 세계를 더 이상 당연하게 여길 수 없게 됩니다. 마녀로서의 삶에 균열을 일으킨 것은 단 한 번의 조우였습니다. 그 이후로 그녀는 끊임없이 자신을 되돌아봅니다. 하던 대로 사는 편이 마녀에게는 더 편하고 익숙한 일이었음은 분명하지만, 그녀는 끝내 사악한 그림자 마녀라는 정체성에서 벗어나기로 결심합니다. 가장 먼저 내린 결단은 주어진 환경에서 빠져나오는 일입니다.

하지만 그녀의 결심을 순순히 받아들이는 이는 아무도 없습니다. 특히 악명 높은 오라버니, 잔혹한 마법사는 그녀를 가두기까지 합니다. 미리 마녀의 당부를 받은 믿음직한 종복, '일렁이는 그림자'는 마녀를 도울 인물을 찾아

나섭니다. 마침내 모험을 갈망하던 '불잉걸 왕자'의 도움을 받아 마녀 구출 작전이 진행되죠.

『그림자 마녀』의 서사는 당시 시대상을 고려할 때 상당히 파격적입니다. 19세기 영미권에서는 노예제가 여전히 합법이었고, 여성에게는 참정권조차 없던 시기였습니다. 그런 시대에 쓰인 이 소설이 주어진 환경을 벗어나고자 하는 인물, 그것도 여성이라는 형상을 통해 그려졌다는 점은 주목할 만합니다.

또한, 이 여정은 전형적인 고독한 모험담과는 다릅니다. 마녀는 평소 쌓아온 신뢰와 우정 속에서 구원을 얻습니다. 충직한 종복, 과거에 도움을 주었던 요정들, 그리고 뜻을 같이하는 왕자가 없었다면 과연 마녀의 여정은 어떤 결말을 맞았을까요? 마녀가 마음씨 고약한 존재로서 진정 그림자처럼 누구와도 교류 없이 살았다면, 이 이야기는 지금과는 전혀 다른 방향으로 흘러갔을지도 모릅니다.

정해진 틀 속에서 살아가며 그것을 당연하게 여기는 삶, 혹은 익숙하다는 이유로 질문하지 않는 태도는 시대를 막론하고 반복되어 왔습니다. 하지만 자신이 자라온 환경을 돌아보고 그것을 넘어설 의지를 가질 때 비로소 주체적인 삶이 시작되는 건 아닐까요? 이 소설이 독자 여러분께도 여전히 유효한 질문으로 다가가길 바랍니다.

조현희.

그림자 마녀

1판 1쇄 인쇄 2025년 6월 4일
1판 1쇄 발행 2025년 6월 20일

원　작 거트루드 크라운필드
그　림 온
옮　김 조현희
디자인·책임 편집 조현희
교정·교열 서마루 최서윤

발행처 희유 출판사   **출판등록** 2024년 1월 2일 제2024-00001호
주소 경기도 용인시 기흥구 공세로 150-29, B01-G428호(공세동)
이메일 huiyu0101@naver.com
블로그 https://blog.naver.com/huiyubooks
인스타그램 @huiyubooks
제작처 북크림

ISBN 979-11-986130-7-3 (07840)
ISBN 979-11-986130-2-8 (세트)

◐ 삽화가와 출판사의 서면 허락 없이 내용의 일부 또는 전부를 무단 인용하거나 발췌하는 것을 금합니다.
◐ 잘못된 책은 구입하신 곳에서 교환해 드립니다.
◐ 책값은 뒤표지에 있습니다.